論

樊噲

樊噲武夫也嘗携劒擁鍤從沛公以[illegible]不過以其能脫戲下之急爾余竊以噲有可賢者焉初沛公之入咸陽也見秦之宮室帷帳寶貨婦女欲留居之因噲之諫遂還屯霸上不然則逸欲遽生蹈亡秦之覆轍何以慰父老之心起范增之畏而解項籍之怒乎恐漢之爲漢未可知也史言當時諸將皆爭取金帛財物蕭何獨先入收丞相府圖籍識之觀噲之能諫上則其不爲是可知矣及高帝既老嘗有疾惡見人詔戶者無得入羣臣何雖爲相亦莫知爲計也噲排闥而入見上獨枕一宦者卧因流涕以片言悟之其憂深慮遠有可爲大臣者矣豈絳灌等比邪而或者乃以帝嘗欲殺噲恐百歲後從呂氏叛也嗟夫噲起屠狗以至封侯亦足矣況其賢如是乎且帝素以恩又何有於一噲論者誠刻矣哉

李泌

甚矣小人之亡人國也天下之至親篤愛出於天性而不可以言間計奪者莫父子若也然其變往往有至於殺其子而不疑弑其父而不顧者何哉小人間使之也沙丘之禍成於李斯湖城之恨發於江充若潘乙楊素之流又不可以悉數蓋小人懷傾險之情挾奸亂之術居人父子間投隙抵罅常幸其有事以苟一時之富貴故必以利蠱人子以害脅人父挾讎所親而嫉所愛一爲所惑則父不得爲慈父子不得爲

皇明文衡卷之六十

論

樊噲

[illegible]

[illegible]

孝子夫父不慈而子不孝則人道滅矣豈有人道滅而可以爲國乎此小人之所以必去而勿用也嘗觀之於唐太宗賢也而承乾不能全其生玄宗明也而子瑛不克盡其死至於肅宗之昏辱德宗之猜忌而太子卒得以不動者果誰之力哉一李泌而已耳當是時倓有功也而李輔國嫉之誦無過也而張延賞構之二子蓋岌岌矣賴泌居其間左右彌縫上下歡悅累數千言皆出於至誠盡忠之意委曲剴到悽惋則怛有足以感人者故聽之讒疑之跡廓然而雲消渙然而冰釋既悔且悟不覺其泣下之霑襟也廼知天性之良有終非小人之所能掩者特患無君子以發之耳苟皆得泌則天下豈有相弒殺之禍哉昔曹公以丁儀之譖亦欲廢其子問於賈詡詡不對公問其故詡曰屬有可思故未即對耳公曰何

思詡曰思袁本初劉景昇父子也公大笑而罷蓋曹公智者也故雖聞他人之事而有悟有不待於辭之畢若二君者亦嘗親厄於其身親觀於其目矣然至於此非泌之忠反覆善諫則猶未必其國本之不搖也然則君無曹公之智臣無李泌之忠而小人是信則雖父子猶不能自保可不慎哉

民政論　方希古

治天下者固不可勞天下之民以自奉也然不能使天下之民知道而易使亦豈足爲治乎當昔之未有君臣也民頑然猶麋豕猿猱餒則食飽則奔逆跳躑而不可制欲馴之且不能況使之乎聖人者出知其散漫放恣無所統屬非久安之道也於是制上下之分定尊卑之禮俾賤事貴不肖聽乎賢由胥史以至於大夫公卿由子男以至於公侯各敬其所宜敬

而各事其所宜事居乎上者猶未以爲足也復制治民之法
使五家爲比二十五家爲閭百家爲族五族爲黨萬二千五
百家爲鄉以屬司徒五家爲隣五隣爲里里四爲酇四酇爲
鄙鄙五爲縣縣五爲遂以屬乎遂人聯之以五兩卒伍師軍
以知其數習之以師田飲射祭祀讀法以一其心書其善以
作其氣罰其惡以折其驕六畜車輦旗鼓兵器之稽可按籍
而知老壯弱少可任與否不必問其民而具上有所興作朝
出一言而暮巳集進之則前退之則卻其民常知恭順忠愛
事上爲當然不敢少有怨懟避縮之意三代之時非不役民
也而未嘗有一民敢發不遜之言豈其威力足以制之哉其
法素備其教素明民皆知道而易使故也戰國之君不知先
王之用心務爲易簡之術以爲不必如先王之煩密過慮亦

可以爲治斥絶遺典而私心自爲旣巳失矣而秦又并燒除
刬絶之不復有爲治之法徒任刑罰以刼黔首譬之去悍馬
之羈靮而臨以鋒刃彼有蹄齧騰躍而走耳安能以可生之
身蹈必死之禍哉故斯民至於秦而後興亂後世亡人之國
者大率皆民也其禍實自秦始秦之民卽三代之民也在三
代之時則尊君而附上當秦之時則鷙狠凶戾視其君如仇
讎豈民之過哉無法以維之無教以淑之而不知道故也二
家之童其一自幼教之以拜跪順悌其一恣其詈言詐語而
不禁他日犯上而賊倫者必自幼不教之人其知教者必不
至於有過也治天下者未嘗顧天下之不治而不脩致治之
法猶顧無死而不食也故亂之由非一端莫甚於治民無法
治民之法旣定世有叛將亡卒挾奸而肇釁繫而至殺之易

治民之法隨其世而有損益古今殊宜而輕重繁簡之異
法循循無弊而不負也故亂之由非一端莫甚於治民無法
王有過也治天下者未嘗不顧天下之不治者不備故治之
不禁也日化上所教論者必自約之教之入其知教者必不
家之寬其一自約教之以導順導其一治其言辛之言
辭豈民之過故無法以律之無教以導之而不知道故知
代之律則寬君而作上富素文明則舊俱以不知其者刑
者大率皆民也其禍實由秦始秦之民即三代之民也在三
身必死之禍故其民至於秦而後與亂世古人之國
之屬勒而暗以肆行其法者壞而先其能以可法之
割絕之不復有為治之術法伊制以治之古畢其
苛以為所緯漢興而不自善已夫夫而秦之非法
可以為

王之用心務善易簡之術以為不必如先王之繁道圖書亦
法養備其教素明民皆知道而易從故也數圖之詩不知其
也而未嘗有一民敢發不遵之言宣其頑乃以制之不敢其民
事上為書然不敢以有忤逆論之意三代之時非不欲民
出一言而暴已棄違之則有所擬之則其民常知未忠愛
而知者莊詩以可任直其不以問其民而且上有所遍作訓
作其誤謂其然以許其屬大旨車籠其頭其器又擔何牧籍
以知其數皆入以所田資身祭而讀法以一其心書其善以
勸過正治樂維王為法以屬乎盛入縣又以五兩卒伍師軍
百家為縣以屬司徒五家為鄰五鄰為里四里為族五族為
使五家為比二十五家為閭四閭為族八百家為
而各事其所宜事者上有不循未以為民也復制治民之法

易耳亂亡所以相踵者無賴者為之倡好亂之民皆起而從之也使斯民皆知君臣之義或有狂夫怪民出乎其間執縛而告于司寇何亂之能成茲欲復井田行周禮如先王之時固難也獨不可稍取先王之意為之法乎今之役民雖不能歲止於三日亦未至於斷民也終歲休于家縣官役之以數日之事已若為所不當為發憤懷怨而就道甚者或逃匿而不從上之威令方行而民已如此設而威令有所不行何望其從上之命乎此治民無法教民無道而不知君臣之義使然也為人父者未必皆無過舉然子不敢逆其命者以父子之倫不可悖也人君之政豈能皆合乎人心苟不知君臣之義少不慊所欲則攘袂而起其危亦甚矣烏可以為不急而不務哉欲民易使莫若倣隣里酇鄙比閭族黨之制執其中

而用之為之正若長者月申之以讀法開之以士訓春秋合之以祭祀和之以飲酒導其忠順之道罰其不率令者遇有徵發以趨事為先者為上而厚賞以勸之以訕訐敗類者為下而屏黜以愧之上之人又能躬行以成俗立學校以明教則民可漸化矣然必制民之產使之無死亡之憂然後可茍驅不能自存之民從吾之令雖堯舜之仁周公之智有所不能況三代之舊法乎故民易治也在乎治之有法決之可行也在乎養之有道

明教

天下非無才也聚數萬人養之十餘年而未見有一人可稱者養之無其漸而教之無其法也古之善育才者豈能益人以藝分人以知哉養之之具素備能使人以不成才為病不

若人爲恥各思勉爲君子而不可止也故其自少時居於閭族而閭胥族師不責之以敬敏任卹則之以孝弟婣睦雖未有學其本固已美矣及其漸升于大學求之六德以觀其内試之六藝以觀其外行完而德備藝成而器良然後措之於用其詳且慎也蓋如此後之所望以爲才者執子弟於販鬻之區芻牧之場被之以衣冠而納之於郡邑之學終歲期月大學有徵焉則又納之於太學計其所習未知拜跪之節與俯之容而已肆有爵禄之心大學舉而教之者又不越乎誦詩業文挾弓矢角膂力恒人之淺事歷時未久有司有求焉則以應之卿大夫之位有缺焉則以爲之爲之者既不自知其不可而命之者亦不責之以其所學於是學者以習恒人之淺事冒竊禄位爲得計莫不相勉爲恒人而自謂不必脩君子之事也太學之所聚郡邑之所教咸有苟且之心無賴之行冀其才之成奚可致哉夫國之立學所以養才必不期其至此也爲學者雖無志於道德亦不必目望爲恒人也而卒不能有成者無他用之速而教之疎也古之六德智仁聖之事顔閔之所不能及六藝禮樂之度數即文王孔子之所不能詳射御之工杜預羊祜之所不能兼書數之法君子猶有所未習今欲責學者皆法古人而盡備之宜其未易爲也然不法古人而惟弓矢膂力是效誦書業文是爲亦未見才之可成矣然則何由而設教乎蓋聖人之取人德不求其全而取其不違乎道藝不求其備而貴乎能致其精唐虞以九德待士而有三德者亦俾爲大夫有六德者亦俾爲邦君聖人豈不欲得全德之人而用之哉以爲求人大全則天下無全才

不欲得全德之人而用之故以為未入大全則天下無全才
士而有三德者亦俾為大夫有六德者亦俾為諸侯聖人豈
其不違乎道藝不求其備而書之升能較其精書度以乃德詩
成矣然則何由而設教乎蓋聖人之取人德不求其全而取
法古入而推古大務乃是故論書業安是為亦未見才之可
未習今欲責學者皆法古入而書講之宜其未過為由然不
詳射御之工往頂年而之所不能兼書數之法皆十德在所
事精闕之所不能及六藝禮樂之度數即文五十之人所不能
不能有成者無他用之凍而教之源也古之六德皆行聖人
至此也為學者雖無志於道德亦不必曰望為恒人也而空
行冀其才之成深可嘆哉夫國之立學所以責才必不期其
乎之事也大學之所取者品之所教有節且人心無窮之

後事昌黎祿位為得計莫不相從為恒人而自謂不必循吾
不可而命之皆亦不責之以其所學於是學者以習恒人之
以應之卿大夫之位有設置則以應才為之者既不自知其
業文技之夫角習力恒人之後事歷階未入有司者則
之容而已肆有爵祿之心大學而教之者文不教乎誦詩
學有徵焉則又納之於大學十其所習未知律詩之節與府
圖惡教之藝教之以於往而為之於詩而之學校處匠大
其詳且備也蓋如此後之所以造以為才者得於乎學之職之
之六藝以觀其外行完而德備藝成而器乃然後措之於用
學其本固已美矣又其漸升于大學末入六德以觀其內試
撰而闢者深師不貴之以敘典在臣則之以樂書雜雅未有
者入為學各因之然者乎而不可正志以其宜大拼居於闇

不若因德命官之爲無失也臯陶未必能達禮益稷未必能知樂而臯陶益稷所爲之事伯夷后夔宜亦有所未能然而數子爲之各稱其位而成名于後世以其精而不以其備也人惟行可以自力若才與藝則有能不能欲強而通之非惟不得其所不能且將并其所能者而失之故善立教者亦必本之以六行餘則因其質而設其科人有剛毅而重厚者有慈良而順愛者有疎遠而明斷者有強識而通敏者有沉勇而有威者有多力而任武者此六人者使曲徇衆人所能必不能堪苟因其所有而教之於成才也奚難剛毅重厚者必可以任天下之大事則因而教之博通古昔之政教周知海內之得失觀其損益折衷以驗其爲弗使色厲而僞者得參之則大臣之儲也慈良順愛者必可以治民則因而教之平

賦施惠之方賑災卹患之道辨邪察獄之事理俗興化之要弗使柔佞而詐者得參之則牧伯之儲也強識而通敏者則文學典禮之臣之儲也沉勇而有威多力而任武則將帥之選疆場之所恃也各以其所當習爲者教之而皆不使近似可悅之人得與則所用無非才而所爲無僨事矣此太學之政也而爲師者非極才德之美不可也大學推其法行之於郡縣俾亦以六科爲準郡縣之取弟子員也問其宗族鄉黨皆言其篤行而好學則取之而復其家田百畝入太學則倍復仕而有政則皆復學于郡縣者與郡祀與燕會禮異之使殊於恒人縣每科四人二歲各升一人于郡郡每科十人三歲各升三人于太學太學每科百人爲率以應上所任用郡縣既升而闕則即充之廩之也宜厚教之也宜詳試之也

宜嚴用之也宜當知人之學之可任也則不怠於自脩知各因其才而用之也則必謹於自立而天下之異才咸思有爲於世矣爲治者不患乎無才而患乎聚天下之才而不能教用天下之才而不能擇教之而能成其德用之而能不遺其器則才豈可勝用哉胡貊之富人聚馬盈谷而得一善馬善御者執鞭策指揮而區別之一日馬之致千里者以百計而盈谷之畜無棄者御非能假馬以力而易其性也能別其高下而不失其性則善馬出矣爲治者能不失人之性豈特不患乎無才天下亦安所患哉

啓惑

天地之生物有變有常儒者舉其常以示人而不語其變非不語其變也恐人惟變之求而流於怪妄則將棄其常而趨怪故存之而不言後世釋氏之徒出意欲使天下信己而愚舉世之人於是棄事之常者不言而惟取其怪變之說附飾其故以警動衆庶其意以爲此理之秘傳者人不及知而我始發之遇一物之異常輒張大而徵驗之欲稽其故則荒幻而無由欲棄其說則似是而可喜凡民之愚者皆信而尊之奉其術過於儒者之道而不悟此眞可悲也夫運行乎天地之間而生萬物者非二氣五行乎二氣五行精粗粹雜不同而受之者亦異自草木言之草木之形不能無別也自鳥獸言之鳥獸之形不能無別也自人言之人之形不能無不相似也非二氣五行有心於異而爲之雖二氣五行亦莫知其何爲而各異也故人而具人之形者常也其或具人之形而不能以全或雜物之形而異常可怪此氣之變而然所謂非

常者也非有他故而然也今佛氏之言以為輪回之事見操目者曰此其宿世嘗得其罪而然耳見蜂蜃掀鼻俯膂直躬者曰此其宿世有過而然耳見其形或類於禽獸則曰此其宿世為鳥獸而然耳不特言之又爲之書不特書之又謂地下設為官府以主之詭證曲陳若有可信而終不可詰此怪妄之甚者也天地亦大矣其氣運行無窮道行其中亦無窮物之生亦綿綿不息今其言云然是天地之資有限而其氣有盡故必假既死之物以為再生之根尚烏足以為天地哉譬之炊黍火然於下氣騰于上畀晝夜而不息非以已騰之氣復歸于甑而為始發之氣也苟人與物之魂魄輪轉而不窮則造物者不亦勞且煩乎非特事決不然亦理之必無者也且生物者天地也其動靜之機惟天地能知之雖二氣五行設於天地者不知之也使佛氏者即天地則可今其身亦與人無異何以獨知而獨言之乎多見其好怪而謬妄也今有二人其一人嘗遊萬里之外而談其所見則人信之苟其身亦與我俱處乎此而肆意妄言則喪心狂惑人耳雖鄙夫小子亦知其妄且誕佛氏務為無稽之論正類乎此而人皆溺而信之豈皆不若鄙夫小子之知乎何其迷而不知悟也悲夫

鬻拳

鬻拳以兵諫楚文王而自刑左氏稱之為愛君余謂不然君臣之際固有常道矣賢者之事君不為違道之行以危身不為難繼之事以駭世順其常不徼異名守其職使後可法如斯而已不敢僥倖以圖志之必遂事之必成也故君有過舉

則積誠以諫三諫而不從則避其位而去之安可臨之以兵脅之以威而刼其君哉語之而不聽則讋懼之咄咤之俾不敢肆此制嬰兒之術耳烏有北面事君而以嬰兒視之哉先王立爲上下尊卑之分俾爲臣者嚴守之而不敢僭所以杜亂也馬之在原野三尺牧豎鞭之而無罪及加羈靮而入君之閑雖國之貴臣不敢視其齒而蹴其芻豈誠重馬哉尊其爲君之所御也齒馬蹴芻細故也先王所以嚴爲之禁者其慮天下深矣况以兵刼其君者乎或謂君爲非義則將危社稷大臣以安社稷爲心行權以格君宜若無罪焉是豈得爲權哉事固有可以行權者矣然賢者猶難之若君臣父子之分天下之大經也父暴而遠道子烏可行權而諍父乎舜聖人也瞽瞍頑夫也舜視其父之惡夔夔然順之不敢見於色設於詞舜豈不欲格父哉盡子之道而使父化乃所以格父也紂之暴可謂甚矣箕子紂之戚微子紂之兄二子皆賢人也至親且賢事暴君而不敢失人臣之禮或屈而爲奴或待其亡而去之二子豈不知社稷重於君乎終不忍刼其君者知君臣之大經重於社稷也鬻拳之君雖有過非紂之甚鬻拳爲臣非若二子之親且賢乃忍刼其君而不顧蓋激於小忠而不知大義者也焉得爲愛君乎君子之予奪人將以法戒於後世不可苟也刼君而謂之曰愛君將使奸臣亂賊欲行簒弑之事者皆挾愛君之名以自文其禍後世可勝道哉然固左氏啓之也

樂毅

燕昭王師築宮師事郭隗樂毅自魏往拜爲亞卿後伐齊封爲昌國君

樂毅不拔二城夏侯太初以爲庶幾乎湯武蘇子瞻以爲行

樂器不改二成夏秦大武以經唐樂平洪武定樂于篇以為行

樂議 [illegible]

樂圖在其尺路之也

行樂者之畫書昔者聖人作樂以自文其德而後世因樂而道其取於後世不可尚也故存而謂之曰樂者所以厚風俗政也而下知夫義者也君子得以發其中和之氣以平其心而養人性以存聲為臣非大者二千之聲且寶之以和其心治而不專則以淡小知臣之人大經重於祖宗之樂以合雜有適非約之其宗籍其亡而去之二十年不知社稷重於治平之不及乃其音論也至於見實事果者而不敢夫人臣之遺民而後其法律也納之以暴可謂其矣知于約之而散于約之兒二千年聖人設於言辭豈不欲治之故盡于大道而變之作乃所以治文

入也樂聲須夫大也律其以及先樂變言之而不敢見於西

[illegible]

分天下之天經也又見恭而遠道于是可行謹而辭又平章權其事書國者可以行權音樂於樂者禮論之不古賢臣之十人取大臣以安社稷以爲心行禮之致者宜於無邪而見宜以樂處天下來矣況以在於其中者乎民以謂言以爲非義三治律為古之所行也而天下以故也其在所以致治之禮樂者又其人開之事國之人責臣不敢以亂世其欲所以節其事而遺書其禮也臣之在廟堂三尺法以憲而以治民者非又有人君王立政上下尊卑之分四時之節而以安天下之又以其

取律此制興凡之所行其言詞不失其道而不政律之所以齊之亦齊之以政而有其苟者故言之何不聽則聞之以無以合之齊不則禮之言以東三樂而不從則從其後而先以聖人以安

王道之過余曰鄙哉二子之言也天下豈有行王道而不興者乎觀人之賢否當先觀其所為之事求其事而不得當求其用心之邪正湯武所以伐人之國其心曷嘗有利天下之意乎不忍斯民之困於塗炭挾大義而拯救之使取錙銖之非義殺一介之不辜雖奉海内之籍而歸之湯武不肯正目而視也其心顯然著於天地之間故拔一城取一國他國之民惟恐其來之不速翹足舉首而望之此其為王者之師也使湯武之心必出乎利匹夫匹婦將持耰鋤而逐之矣何以為湯武哉彼樂毅之師豈出於救民行義乎哉特報讎圖利之舉耳下齊之國都不能施仁數惠以慰齊父子兄弟之心而遷其重器寶貨於燕齊之民固已怨毅入骨髓矣幸而破七十餘城畏其兵威力屈而服之耳非心願為燕之臣也及兵威既振所不下者莒與即墨毅之心以為在吾腹中可一指顧而取之矣其心已肆其氣已怠士卒之銳已剉而二城之怨方堅齊民之心方奮用堅奮之人而禦怠肆已剉之讎毅雖百萬之師固不能拔二城矣非可拔而姑存之俟其自服也亦非愛其民而不以兵屠之也誠使毅有愛民之心據千里之地而行仁政秦楚可朝四夷可服況蕞爾之二城哉湯武以一國征諸國則人靡有不服毅以二國征二小邑且猶叛之謂毅為行王道可乎湯武以義而毅以利成敗之效所以異也蘇子乃謂王道不可以小用小用之則亡王道特患乎人之不行耳小用之則小治大用之則大治猶之菽粟之療飢小食之則不死恒食之則充實奚可謂菽粟不可少食而寧噉糠覈之為愈乎大初曲士不足論獨惜蘇子之易

食而寧啟饑饉入於念乎大以由土不足論語補遺乎以爲
公弟取一分人則不近而食人則有實多可謂然東不可以
患乎入之不行耳一用人則小合大用人則大治猶不致牽
所以異也雖乎乃謂王道不行以小用小則以王道近持
猶救之謂故為行王道可乎其以為義而教之則殷入效
湯武以一國征諸國則入章者不服以義以二國征二小邑
乎里之地而行仁政秦漢以四夷可服以二國以二城故
雖亦非發其民而不以兵為之也故使勃有發民可以歸
然雖有萬人而國不能救二城矣此可入而寧之可其雖城
公者在理征然人之先聖民彼德人德取可畜羊以歸
情願而取大夫其所以已畢其後已受士存人謂已惡而已從
以為歟民所以不者善而相士王者以以為者有所中已

也十餘歲民其兵敗乃區而服人民非以興人之近以戚以臣而以
而趨其重器貨於府庫以民國曰為叛人日首韻矣辛吉成
人燕牙下行之國都不能施惠於是以封諸之十九者以人
者以湯王者與樂之而豈也於是民行率乎故將服歸國而
使湯武之心求其利由乎已利而大阻鼎其千鼎而多乃何以
民從其來之不敢直望其後而為下者之所以也
而制之也其以智取者於天地大國之兵取一國取一國由國以
非義取一介之不幸雖本與大國之兵亦以求一國雖之不言日
意乎不取大國於大義而後取天下以使取者天下之人
其用心之所正為而所以入大國其心見當有者天下之人
者乎雖人大國不當出其其所以樂之不與者不為大當求
王道大興余曰論矣二千人言也天下豈有行王道而不興

於言也

丙吉

君子之於天下盡人事而後徵天道天道至微而難知也人事至著而易爲也捨易爲而求難知則爲不知先其微而後其著則爲失序堯舜禹益相告戒之辭詳矣傳道則曰執中用人則曰九德治民則曰六府三事至論天道則曆象授時之外未嘗有片言焉三聖賢之於天道豈有所未達哉棄所宜爲而求之恍惚詭誕之域者固聖賢之所不取也宰相之職上有以格君下有以足民使賢才列乎位教化行乎時風俗美於天下倫理正而禮樂興中國之尊而夷狄服生之倫各遂其性而無乖戾鬬爭則可爲盡職矣不必淶淶然探其所難知以爲觀美也能盡其職雖日月失明寒暑不節無害

其爲治職有未盡使天地位而萬物育亦安所益於民乎漢史稱丙吉不問死傷而詰牛喘以爲知大體此非君子之言民不知道至於相殺傷於都市之内政教不振而俗隳壞其爲變亦甚矣豈非宰相所當憂乎全此不問而恐陰陽不和何其迂且妄也子路問事鬼神子曰未能事人焉能事鬼不先盡事人之道而事鬼且不可况不務人物之性而徵不易知之天道烏在其能爲相乎且宣帝時俗之弊非特相殺傷而已一歲中子弟弑父兄妻妾弑其夫者二百二十餘人幾不可以爲國吉不能佐其主以仁義使革風易俗陷斯民於禽獸而惟一牛之問謂之知所緩急不可也漢儒之學泥於術數而不知道其流至於蔽而不通愚而信怪雖可稱如吉者猶溺焉而不以爲異况不足稱者乎天下猶人身然風俗

血氣也災祥肥瘠也戕刺其體膚而不問見瘠者而問之人必以爲惑矣察於細而忽於巨惑莫大焉而以爲知大體可乎然則洪範之說皆不足信歟非然也庶徵九疇之一也必以人事爲之本盡人事而後徵天道者吾之所知也信災祥而遺人事者漢儒之謬洪範之蠹也非君子之道也

東漢

天下之患固不可逆料而預防之也吾計禁乎此後世之患出乎彼吾謀杜其西後世之患生乎東禍亂之端神藏而鬼伏常發於人所不疑之地而起於世所倚賴之人雖知者何由而盡備哉然古人善慮國家者每事揆其始而考其終喜其成而憂其敗四海之事千載之業綜包參覈於吾之胸中而定他日爲患之大小緩急推其得失而爲之備使禍害之

發不至於亂亡則庶乎可以盡吾心焉耳固非迷塞消沮餒使之久而無患也武王周公之初定天下其心豈不知封建之弊必至於并吞削弱而不振也哉然恐易此道而更爲異法未必若封建之可以安且久也故且勉而爲此使治之有道者可以無亂失其道者亦不亟至於亡不敢過爲矯激難守之法以爲將來患也乘舟而渡水時有覆溺者人終不以一溺而廢舟爲馬行遠或有蹶跌之失人終不以一跌而不駕馬在乎補其罅漏不完之處習其馳驟疾徐之節使愼之而已前漢王莽之篡在乎元成失道上無明主下無正臣故莽得恃太后之勢而行篡竊之計非以三公輔相委任之權太重而然也光武過懲其弊而力矯之不任三公以事而政歸于臺閣其後遂成宦寺之禍而漢以此亡光武以爲莽之得

[illegible]

以[illegible]

乎[illegible]

以入事[illegible]

而責人事者[illegible]

東漢

天下之患固不可以[illegible]

出乎[illegible]

[illegible]

[illegible]光武[illegible]三公[illegible]

于臺閣[illegible]

成其篡者權太重耳今吾奪其柄則其害可除矣孰知宦寺之禍反有甚於輔相者乎此不熟究其大小緩急之故也夫莽之篡以母后臨朝外戚預政而致然豈委任太專之罪哉光武能著爲令典藏之宗廟俾後嗣有幼君在位當選厚德大賢之士爲三公以輔之而不許母后外戚臨朝預政則其害可以息矣不此之思而惟罷三公之制宦寺之興始於此矣蓋宦寺恒以傳閨閤之命受襁褓之寄而妄作威福苟外有良輔以持其柄內無母后爲之依怙雖曹節王甫充溢乎宮闈亦何患哉可疾者不疑而疑輔相末路之弊也遂使三公除拜皆以賂遺宦者而得雖欲免乎亡亦難矣王公之位古所謂共天職治天民者也苟擇當世之賢才而置諸位撫手而責其成功可也專横之禍何自而致哉事變亦衆矣然不察之以至明推之以至公處之以至當徇斯須之細故而輕於變更惜哉光武之銳於求治而未達乎大體也

崔寔

昔者觀孔子之書見其於子貢仲由之徒善於說辭必深折而重抑之明足以億事未爲有過也而傷其多言以仕爲學未爲違道也而惡其口給而近佞心常以爲惑矣孔子不貴於言若是邪及觀戰國之際天下之士皆棄道德仁義而不修以口舌磨切世主而覬勢竊柄大者亡人之國小者自殺其身又甚焉者著爲邪說以爲後世害紛然出乎斯道之外流於刻薄荒謬誣民欺俗之歸而不自知也然後喟然歎曰此孔子所以聖乎其預知之矣凡亂之生必有所始也芻靈之弊必至於以人殉葬象著之弊必至於瑤臺瓊室孔子之

致人以勿易於言而周卒以口舌縱橫之辨而亡夫言豈可苟哉快意於一言或足以禍萬世發憤立一事或可以禍異時矯當時之失不求古今之變而輕於持論非知道者也彼崔寔者獨何人哉憤時君之柔闇則論柔闇之失可也遽爲邪說不顧理之是非而謂凡爲治者必以嚴而治以寬而亂此豈理也耶周秦之效夫人之所能識也寔不察乎此而亟稱宣帝之賢夫宣帝漢室基亂之主苟以爲明恐以爲斷督責以爲能當斯世也斯民競知其可畏而不知其所可愛於是高惠文景之澤竭矣譬猶服金石恣聲色之人其外雖若未衰而其中之虛壞已甚至於元帝繼之稍失其術則漢因以衰非元帝之罪也寔輕信而不知道敢爲異論而不顧其無稽至誣文帝以嚴致平何惑妄之甚哉漢之久而亡者文

帝之功也且使宣帝處文帝之時是生一秦也宣帝固非秦比也率其所爲行於甫定之世則其異於秦者幾希而豈能治哉治道固有本末先之以政教而後刑罰者秦漢以下皆是也文帝能參之恭儉忠厚之化故治其餘則守法而已故未旋踵卽不免於危漢室至於光武猶再榮之木其膏澤將盡矣明章能扶植培壅之僅至小康孝安以降漸衰而亂固其理也自非仁賢若文帝承之猶恐其不救而寔欲濟之以嚴刑峻法此欲救將萎之木而斷其根鄙哉愚儒好高之論也仲長統乃從而稱之此其知與寔何異哉自孔子之末學者不明道而阿世韓非之愚至以堯舜爲土水而以刑罰爲膏粱所聞者卑而所習者陋無怪其爲此言也漢之諸儒惟賈誼董相及王吉爲庶幾如寔與統時人所推爲大儒而其

竇嬰灌夫之王吉貢禹魏相之徒許人而通於大臣而其
高祖所聞者卑而所未聞者固異其爲之也言之漢之諸儒
皆不明道而同其言之人愚至以爲上下而以刑名論
也仲舒乃從而扶之其知道實而畏彼自孔子之未學
嚴刑酷法非以爲術漢之本而道其學而儒者故論其論之
其理也自非仁義古文帝以傳聖主之本不以爲治安論之
當矣明帝之甚仁而其不得以傳之由來之家以本位輔而
未從運命而不能者也以未有其生以化之人本以本高祖之
要在文帝所以未能也其之以定故也而必守其治而已故
治始合道理者未本十之有一以故而後而其論言察漢以下皆
以也卒其所爲行於天下而其同者其有以當者殺而議論
帝之以也且使宜帝實文帝之謂見其一而秦之也良帝固非秦

無皆至誠文帝以嚴哉于何哉言文之其故漢之文而古者文
以秦非天帝之罪也寬輕信而不知直敢爲異論而不謂其
不秦而其中之近棄已甚至於元帝繼之相夫其術則莫因
要言其文學之學已且雜飾非全然若蠻也入其說雜者
責以孫能當與世也漸凡競知其可畏而不知其所可敬於
術官帝之習夫宣帝漢室基亂之主皆以爲明見以爲瀾諸
此書理也而同秦之故夫人之所能識也亦不齊乎世而旋
而說不能理之是非而謂凡爲治者必以嚴而治以寬而論
重究者獨何人哉博時古之來聞論然天下之大可也惡爲
時務當時之天下求古今之變而究於情論知道者也波
苟敢哉於一言或又以謂世發實之一事或可以爲異
故人以乃見於言而同乎以口舌論議以辯而古夫言臣可

論至於與韓無異於乎其所從來遠矣豈特寔之罪哉

皇明文衡卷之十

論至於施韓無異於乎其所從來遠矣豈特宋之罪哉

皇明文衡卷之八十

皇明文衡卷之十一

論

論孫甫薦富弼代晏殊事（殊罷相諫官孫甫薦富弼代之仁宗怒曰進用宰相人主之柄臣下不宜有所指陳事在慶曆四年）

王叔英

於乎弼有宰相之才天下知之甫薦之誠當矣為帝者如果有心於用弼宜曰吾意正在斯人卿可謂能為天下得人矣如此君臣之間豈不為相得哉今帝乃不出此而反有怒於甫蓋其意不在於弼爾使其意果在於弼豈不欣然從之而何怒於甫邪昔堯之相舜以師錫舜之相禹以僉言未聞進用宰相為人主獨任事也且古人有言曰薦賢受上賞况薦大臣以當太任者乎如甫者宜受上賞而反怒之此帝之大失也帝之意豈不以謂宰相之職乃人臣之極任其登用之恩當自己出殊不知薦之在人而用之在我其恩又曷嘗不自己出乎傳曰大夫能薦人於諸侯不能使諸侯與之大夫諸侯能薦人於天子不能使天子與之諸侯蓋獻替之職固在人臣而用捨之權常在人主果何嫌於恩不出於己也哉雖然為人君者要當以公天下為心惟在於為天下得人而已又何必欲其恩之出於己其恩之盡出於己者乃好利自私者之所為豈賢君之事哉惜乎以仁宗之賢而猶昧於此哉余懼後世有沮卻忠臣為國薦賢而藉帝之言以為口實者故特著論非之以為人主之戒

高帝呂后論

梁潛

或者謂高帝寬仁愛人乃獨於呂后以色衰而弛愛夫託交貧賤起身艱苦一旦富貴之余乃疏棄之獨不念前日楚軍

之間道哉高帝無乃少恩也梁子曰不然夫高帝之知人何如其明也與呂后處者幾年矣后之爲人獨不知之邪彼固一婦人也而其雄猜傑黠有猛士之肝腸高帝於是乎有以知呂后之心矣夫畜老人猶憚殺曾謂國家之勳臣取而族滅之無遺噍類若罝中兔然未嘗有難色后也何其忍人哉夫殺諸將非高帝之心也后也蒯徹教信以反貫高反形巳具高帝猶釋之而肯果於殺韓彭邪韓彭雖夷滅而昔日感遇之際士爲知巳死者英態豪氣猶在目睫間也高帝中夜思之豈不一動心哉呂后是可忍也孰不可忍也高帝所以薄呂后者不能形於言而痛在其中矣不然盧綰舊日里閈恩猶不減乃謂至親而獨少恩哉夫觀人者不於其所厚而於其所薄高帝於其所薄者如此矣豈得薄其所厚哉呂后忍於韓彭者如此矣豈得厚於劉氏哉豺狼得嗜則喋血搖尾以恣饕餮苟無所得則爪膚孥齧以致猛諸將巳盡其禍尋及劉氏矣故殺韓彭而諸將懼族諸將而劉氏懼高帝亦豈與陳平謀及此哉聞樊噲黨呂氏立命斬之用平之謀高帝至是非特爲劉氏憂亦且爲平勃憂也高帝目繼瞑肉猶未寒后也曾無一髮之感即謀族殺諸將今日鴆如意明日斷戚姬今日鴆齊王肥明日殺趙王友至於無所忌憚立他人子爲帝又殺之而又立焉忍人哉后也一至此極也當是時漢巳亡矣吁高帝豈不知毒流至此哉說者謂良平之教高帝往往忍小以就大晉獻之驪姬秦皇之扶蘇高帝審之久矣然獨恨高帝之明有所未盡者焉懲其近而不懲其遠商之亡以妲巳周之亡以褒姒高帝曷不懲此邪嫡妾之分亂

於前而正家之約昧於後於是奉拳然屬周勃以安劉置周昌以重趙所謂滔天之勢已成乃欲以一手障之吁何益哉

劉仁軌

梁潛

少府監裴舒爲唐高宗造鏡殿上與太子太傅劉仁軌觀之仁軌驚趨下殿走上問其故曰天無二日民無二王適見壁間有數天子不祥孰甚焉上劇令剔去愚意仁軌此言未當也夫人臣之戒君或婉其辭而意有所在孔子所謂巽言之者也或峻其辭而無所隱孔子所謂法言之者也仁軌此言其法言之邪其巽言之邪夫曰壁間有數天子不祥孰甚焉者有似乎巽言之矣高宗嗣守天位而武后制其政柄是武后亦一天子矣李義府忿意慘酷天下之人知畏李猫而不知有朝廷是義府又一天子矣至於武三思爲周公威福之柄又竊取之焉則三思又一天子矣政出多門不祥孰甚而仁軌此言非此意而高宗亦不此悟也然則旣不爲巽言曷不爲直言也哉納約自牖因其明而投之仁軌此時宜進言曰以銅爲鏡不若以古爲鏡以古爲鏡不若以賢爲鏡書云人無於水鑑當於人鑑詩曰殷鑒不遠在夏后之世隋之煬帝淫刑黷武沈湎昌色忠言不用小人朋進盜賊旁午自度不免乃持鑑照曰好頭頸不知爲何人持去此煬帝以銅爲鑑而不以古爲鑑也太宗皇帝艱難以定天下身致太平樂聞直諫好用善謀皇后順正不預外事常曰以銅爲鏡可正衣冠以人爲鏡可知得失此太宗以人爲鏡不以銅爲鏡也陛下誠能以煬帝爲戒以太宗爲法則社稷之福生民之幸矣且殿廷之上豈照鏡之所好邪之情豈懸鏡可得陛下以

宋臣與廷之上喜讜諫之所好所以言諫諍者畢君上以
陛下誠能以煬帝為戒以太宗為法則人臣有以言之福士及之以幸
衣冠以人為鑑可知得失此太宗以人為鑑不以鏡為鑑也
聞直言以好用善諫皇后稱正不違事章曰以諍為鑑正
鑑而不以古為鑑此太宗畢手數諫之人戒天下身致太平樂
不為之計鑑曰故頭顯不知何人持古去帝以自度
帝宜刊於諫而圖其言不用人明進諸與光于圖遇
人無於水為鑑當於人鑑語曰殷鑑不遠在夏后之世
曰以銅為鏡者以人知古為鑑以古為鑑謹書以鑑
不為直言也又以古為鑑又曰因其所言投之於人之言
行鑑比言非其意者高宗亦不已也言所以不為也言
而文帝取之為之三思又一天下矣以出於門下者其白

知有朝廷哀嘆而又一天下未至於法三思為周公處讓之
后亦一天下矣宗以意修諸天下之人后制其文祐而不畏指
者行於乎異言之象高宗論乎天位而有後其政而不畏擋
其法言之所異言之所夫曰鑑間有數之土未不詳甚言之謗
者也致其諫而無所隱孔子曰所謂言者于也已二言已言之人
也夫人臣之取君致其諫者三所詢有所在于所謂主言之人
聞有數夫子不祥之言上稱令則去之言之事此言未之故
仁也微暖不敢直上聞其故曰天無二日民無二王適見肆
心何謂義舒帝唐高宗諫錄其上與太子大傳三十事之

論仁事　宋濂

昔文章植所謂道夫之學已定而變以一手建于天河欲安
天門右氏家之緯大也安之民奉孝文嗣常以安鑑圖

心爲鏡勿昏以慾勿蔽以私湛然虛明可照萬事臣伏願陛下曷去彼而取此哉不知出此乃以鏡之影爲不祥謬矣

論曹參

王直

漢曹參代蕭何爲相國而後世稱賢相予疑之古者大臣之相國也必思爲國建長久之業於道所當爲者夙夜盡心不敢少怠焉而况輔新造之國乎周公相成王用文武之道治天下有不合者夜以繼日而思之及其得也又坐以待旦而行之其勤也至矣當時之臣莫有過於周公者而周公方吐哺握髮以受其言故能興道立教維持周室至八百年之久此豈苟且偷惰者所能哉蕭何佐高帝定天下聞其次律令矣他未之聞也曹參代之守何之約束日飲醇酒不事事士大夫欲有論諫亦飲以醇酒使醉不得言嗚呼其亦異乎周

公之所爲矣何素不知學其相高帝於夫治天下之道未有所立也就使有所立尤當敬守而慎行之以維持於遠天下之大豈酣酗者所能治耶何之律令豈古聖人所用以治天下者耶而參守之自以爲足後世亦從而賢之予不知何說也且由制經籍學士大夫皆廢滅於秦是敎養斯民之道皆缺也易解之彖曰無所往其來復吉謂天下之難既解則當復先王之道當參之時天下已定七八年時非無賢也參雖武夫苟能親賢納善夙夜以此爲務爲漢家萬世計則庶幾周公之業而遠賢拒諫沈湎于酒至酣歌與吏相呼此書所謂巫風卿士足以喪其家者而參居之不疑蓋武夫俗吏之故態非宰相所宜然也宰相百僚之表也使百僚皆慕效焉則天下當何如哉予意當時天下之所以安者蓋民苦秦虐

久矣而幸漢之寬故恬然自安於下非有道以維持之也然則參雖能清淨不擾要亦苟且偷惰之謂耳周公之罪人也大臣之義當以周公爲正

宋論八　　劉定之

以寇準爲樞密副使時旱蝗帝召近臣問得失準爲樞密直學士對曰洪範天人之際應若影響大旱之證蓋刑有所不平帝怒起入宮復召準問狀準請召二府大臣同對言頃鄭吉犯贓少伏誅參知政事王沔弟淮贓十萬杖復官帝切責沔而以準爲可大任故有是命

當是時前代刑法慘毒之風始漸消泯然太祖命大辟諸州不得專決其輕典固恣肆自若也而頃者田錫建議謂按獄官至以鐵爲枷蓋法外擊斷大率類此而朝廷丞弼尚復任

意操縱如準所對則何以廣仁恕之化擴治平之效乎討其民冤莫訴所在猶多而天意垂戒信不虛矣抑君相違鉄此外豈更無可指而準不能無諱特本諸洪範傳所謂棄法律則火不炎上於罰常暘者爲說乎夫洪範以爲人君能建皇極則貌言視聽思得其理而雨暘燠寒風時若不能建皇極則貌言視聽思失其理而雨暘燠寒風恒若然得與得俱失與失並貌果恭而言罕有不從視果明而聽罕有不聽也休不獨至咎不單見時雨則必無恒暘恒燠則必無時寒也特就其事言之則咎以類感就其徵言之則各以類屬云爾譬諸學者之於經謂溫厚本乎詩教設使學乎易書禮樂而亦溫厚謂非其所得不可也醫者之於疾謂寒疾本乎陰淫設使遇於風雨晦明而亦寒疾謂非其所致不可也故禹乎九

年之水非但以貌恭作肅湯彌七年之旱非但以言從作乂
周末之無寒歲豈惟視不明而豫秦亡之無燠年豈惟聽不
聰而急乎至於聖之無不通配乎風之無不在然胥胥爲以
反風起禾爲周成王所思之聖鷁飛石隕爲宋襄公所思之
蒙前日之不鳴條爲何事之已睿今日之不應律爲何理之
未睿亦膠固不可爲訓也但明乎經意則於五事無不當脩
於五徵無不當察於以趨得而去失違咎而求休苟徒泥班
范牽合之說非惟昧禹箕授受之旨殆將使居建極之地者
謂吾有是得也而休徵之應非其類有是失也而咎徵之應
非其類因以疑天命而怠人事矣援經陳謨之臣其可不深
考乎

帝問翰林學士王安石以唐太宗何如曰陛下當法堯舜
何以唐太宗爲哉帝深納之尋以爲參知政事行新法
安石爲神宗變法大取民財與力而用之也在於兵之所
用至於破遼而志願畢矣取民財之法曰青苗春貸而秋償
之收息十二秋又貸而春償之亦收息十二歲再收息則名
爲十二其實十四也名爲貸償其實無故歲取民財也曰免
役凡民出力以役於官者皆 無出力而但輸錢官自以錢雇
民應役名爲均役而其實欲自擬其雇錢之奇羨也夫民孰
皆不貸償而自足哉私貸償焉治世之所不免今也禁其貸
償而官與之貸償以利其息錢之入 民孰皆不雇募而自役
哉私雇募焉亦治世之所不禁 今也免其自役而官與之雇
募以利其雇錢之餘 即此二端 言之其他取民財之法無遺
巧矣而又編保伍以練兵則民 自爲兵而養兵之費不以煩

官是曰保甲編保伍以養馬 則馬皆在民而養馬之費不以煩官是曰保馬豈不謂古者寓兵於農也然今既有保甲矣而待餔之兵何嘗爲之廢亦豈不謂漢嘗括民馬今使民養無害也然民既增保馬之勞而他勞何嘗爲之損是其取民力幾於竭矣民財與力悉歸於我自以爲我非用之於土木非用之於狗馬聲色非用之於仙佛欲用之於兵而復漢唐之故疆無不可也然畏遼之大故將於遼必先於夏文先於群小夷狄自小至大嘗試以圖之安石君臣相與深謀密議而悉掃異己者之論無非此心也於是主韶試於熙河敦惇試於湖北熊本試於瀘夷郭逵試於交趾皆能略有所得而試於夏則馴至於徐禧之死得不償其失彼遼者不待其試而先來求地安石低徊躊躅爲欲取之必與之之說卒遣韓

縝割與七百里之地無得而有失焉若徽者且抵兔刺鹿豕而碎易於虎失其所操以歸蓋安石之技窮而神宗漸以沮悔矣然所援引共事之人固在也踵其故智以用於哲徽之時互起迭進以至暨路盡壅民命僅存之秋適值遼有釁躍然攻之以卒安石之所圖而遼以國斃焉故前宋之亡本於安石爲神宗謀破遼而已向使其不謀破遼則不用兵不用兵則不大取民財與力不大取民財與力則何至俾群小爲之交攫互噬於天下也抑遂其始謀亦不過如唐太宗擒頡利可汗然太宗用魏徵先以養民爲務而兵自強安石先弊其民不及魏徵矣乃動以堯舜周公藉口其誣矣哉

觀文殿學士太子少師致仕歐陽脩卒于穎詔求其所作五代史以進

神宗置司馬光於散地而俾其脩資治通鑑自爲之序褒歎陽脩於未老之年而及其卒也乃求其所作五代史其意以脩與光但能譔述也經國實用非其所能也吾自有安石也何其量人之薄哉厥後光起而究其用於元祐之初脩之不究其用君子蓋惜之然所尤惜者脩亦有以取之也何也惟恐其不究於用而有意於究是乃用之所以不究也濮議是也當濮議之始也韓琦輩雖與脩同在政府而知經學古豈如脩秉義懷直豈踰脩哉脩尚以濮王爲不當別議尊崇琦等必不或異矣英宗雖欲顧其私親何自啓口哉自此議發於政府而羣言交攻惟脩之歸咎謂其昔也贊仁宗以立爲後之子而今也導英宗以忘所後之父背先帝而詖嗣君薄大統而厚本生於禮經爲不合於直道爲不純而脩遂無辭

其責焉豈非脩久參大政當輔相位畧萌覬覦之心稍爲迎合之計以致此乎故曰惟恐其不究於用而有意於究是乃用之所以不究也及其作五代史於晉出帝謂所生父敬儒爲皇伯柴世宗謂所生父守禮爲元舅皆反覆辨詰二主之非欲以表證其前日濮議之爲是然近於欲蓋而彌彰矣脩之學繼唐韓愈而與之竝皆宗經而脩論述尤多愈惟論語數章皆纂史而脩筆削尤嚴愈惟順宗一録皆衛聖道於湮微塞絶之餘皆闢異端於羣趨衆附之際始焉學者莫能抑揚之也至其後惟愈從祀孔廟而脩以濮議爲鉅璧之纖瑕良幹之寸朽焉不然其全美豈可及哉幾微功名富貴之念一動而用以之不究美以之不全是以君子無慕乎其外者懼累乎其内無冀乎其未得者懼喪乎其所已能也若乃光

則免乎此矣所以然者光之學以誠爲主自不妄語人故也
罷崇政殿說書程頤頤在經筵爲翰林學士蘇軾所嫉頤
門人賈易朱光庭攻軾軾所厚孔文仲顧臨詆頤章疏交
進頤以是罷久之軾亦罷是時有洛黨蜀黨朔黨之分洛
黨頤爲首蜀黨軾爲首朔黨劉摯梁燾王巖叟爲首其輔
之者甚多

漢之衰也李膺范滂等合爲一黨在位者惡之惡之者非賢
而在黨中者賢唐之衰也李德裕牛僧孺等分爲二黨以相
傾奪於富貴之塗黍僾牛分而考其歸皆不足謂之賢宋之
將衰也其初亦分爲二黨熙豐作新法王安石爲魁元祐掊
擊新法司馬光爲魁光之黨賢而安石之黨非賢及光殁而
其同黨又自分爲三朔黨洛黨蜀黨徐考其故朔之所以得

黨名者劉摯等所居之地相同而交游親密所守之職相近
而議論協洽自爲黨而不與他黨相攻擊若乃洛黨之以頤
爲首者頤進講則欲坐見哲宗戲折柳枝則曰方春發生不
可無故摧折賀罷而往弔則拘於歌哭同日如此之類見嫉
於人以致爲其所攻擊而頤未嘗報復也門人代爲之報復
是以有黨之名爾若乃蜀黨之以軾爲首則異於是軾少年
登制科一也高才雄文二也兄弟同爲美官三也於古人所
謂三不幸者全而有之矣謂宜謙抑以避人之尊己廣大以
容人之異己猶恐不及也而見頤爲學者所宗忿然嫉之豈
欲使當時之士不尊頤而惟己之尊不異己而惟頤之異乎
夫聖人之道大矣宰我子貢善爲說辭若軾是也冉閔顏淵
善言德行若頤是也譬之入山而採玉入海而探珠各有所

善言德行若頤是也譬之人入山而採玉入海而探珠各有所
夫聖人之道大矣宰我子貢善為說辭若軾是也冉閔顏淵
欲使當時之士不尊頤而準己之尊不畏己而惟頤之畏乎
容人之異己謂不及也而見頤為學者所宗欲擠之豈
謂三不幸者全而有之矣謂宜讓抑以避人之尊己擴大以
登制科一也高才雄文二也兄弟同為美宜三也於古人所
是以有黨之名爾若乃蜀黨之以軾為首則異於是軾少年
於入以交結為其所攻擊而頤未嘗報復也門人代為之報復
可無故攘斥詆毀而往申則若於歐陽同日如此之甚遂
為首者頤進講則欲生見於宗廟亦秦則曰方春發生不
而議論協洽自為黨而不與他黨相攻擊若乃洛黨之以
黨各有劉摯梁燾所居之地相同而文辭觀察所守之職相近

其同黨文自分為三黨蜀黨洛黨朔黨於是其故得以所以得
擊者法同而未分為甲乙黨貴而安石之黨非所及也故而
惜亦也其初亦分為二黨熙豐作新法王安石呂惠卿元祐諸
賢者於富書之爭集下與半於而未其屬皆不及謂之貴宋之
而在當中者貫串之與夫也若欲中間儒者分為二黨以相
漢之衰也李膺之獄合為一黨任往者必之節者非賈
之者其中矣
黨兩存者謂蜀黨軾為首門黑當洛黨主頤賢其弟曰轍
進頤以兄罷又以軾亦罷是時有治蜀黨之名者分洛
門入實自朱光庭攻軾軾所厚孔文仲論頤章疏交
罷崇政殿說書程頤頤在經筵為翰林學士蘇軾所嫌頤
則先乎此矣所以然者尤以學以議論為主自不妥語人故也

得俱足為寶可相羡而不可 相嫉也嫉心生於中而排斥之跡形於外甚至上疏云臣深 嫉程頤之奸不假以辭色此何為者哉然則軾有心於立黨而自為之首以合羣助而攻擊人也譬於兵家朔黨自守之兵也洛黨進敵之兵也蜀黨侵隣之兵也其不避有在矣夫不賢者之不容賢者固其所也賢者自不相容則猶兄與弟相鬩而為必破之家心與肺相尅而為必死之疾矣若軾與頤孰不皆以為賢而不容頤者軾也使能其心休休焉其如有容焉則豈不可以居宰物之地哉

帝諷道籙院言朕乃上帝元子在天為神霄玉清王長生大帝君憫中華被金狄之教懇請於上帝下降人世為人主令天下歸于正道於是羣臣與道籙院上章冊帝為教

主道君皇帝時帝方寵信溫州道士林靈素靈素言劉貴妃即九華玉真安妃蔡京即左元仙伯王黼即文華吏已即書罰仙吏諸嬖皆從帝自天降生者也帝賞賚靈素無筭賜號通真達靈先生升溫州為應道軍令僧尼改學道作千道會靈素據高坐講經士庶入殿聽講帝設幄坐于其側所言鄙俗雜以嘲詼用資娛咲莫有君臣之禮後靈素與道士王允誠爭寵毒殺允誠益自恣遇皇太子弗欽避太子以為言斥還死于故里

佛本夷狄之人而其徒謂佛之身體面貌皆若金色徽宗所謂中華被金狄之教者指佛教而言也然其言可謂妖矣未幾女真起自東狄建號大金蕩覆中華斯言若為之先兆也唐僖宗紀年為廣明是時黃巢初起曰唐去君而存黃以為

[illegible]

其但所言[illegible]

作千真[illegible]

[illegible]

主今大千臨于上道[illegible]

大帝[illegible]

帝[illegible]

[illegible]

廣此黃當代唐之徽後之論者謂天託昏主以告亡于世徽宗之言豈不類此夫老氏之教資於清淨慈儉以爲本者是而棄其綱紀刑政不以爲用者非漢文帝於其不以爲用者用焉而於其資以爲本者資焉當是時也干戈創殘者以之完復衣食窘乏者以之完足司馬晉於其資以爲本者不資之而於其不以爲用者不用之當是時也顛冥於麴蘖聲色而天常失紛擾於胡羯戎羌而人紀紊蓋漢之治由從老氏之是者而違其非者也晉之亂由從老氏之非者而違其是者也然清淨慈儉最人所難非高世之主不能惟漢文帝能之於是世之依託老氏者變而言脩丹煉藥又其後變而言經籙齋醮亦自託於老氏每變愈下無非以誑惑人主而饕其寵祿焉爾漢武帝唐憲宗皆中材之主也於脩丹煉藥之言惑焉徽宗者下愚之主也經籙齋醮之是務設幄坐于林靈素之側聽其嘲詠嬉笑之言而自號爲教主道君皇帝此何異於沐猴而冠者哉謂之教而不言何教以見此教之外無他教謂之道而不言何道以見此道之外無他道已能主此教君此道而天下之能事畢矣昔日爲神霄王清王長生大帝君於天今日爲教主道君皇帝於宋何其尊也以此欺愚眩衆不自知他日將爲昏德公於金而不勝其卑辱矣可勝嘆哉徽宗專信老梁武專信釋其後皆殞身亡國或謂其所廢而不信者爲之祟也然周天元復老釋教於昔人既毀之餘竝致崇信亦殞身亡國此又何故也君子曰無他國將興聽於人國將亡聽於神老釋之神既惑其心而惟是之聽則人理之當脩為而不脩為者多矣而況於奉其神養其徒

竭生民之膏血積山塡海不足俾其費也亡殞之至也復何難哉

康王構卽帝位于應天府

康王前嘗為質于金營而宋使姚平仲刼營金疑其非親王且嘗與較射而連發中的意其將家子因卻還之洎宋復遣王奉使講解而為民所遮止因此得脫而遂繼宋統蓋天留之也使其在圍城中則與諸王幷俘以北矣昔者周漢宗室皆分封於宇內非獨資之如泰山磐石得以固其存不幸而亡矣死灰復然猶得以續其統又不幸而統絶矣苗裔蔓衍猶得以保其姓周東遷而晉以強宗為霸主糾合諸侯為周輿衛至于戰國而燕韓魏居七雄之三以祀姬姓之祖禰秦虎視東周不敢吞者數百年自載籍以來未有若周之長所

謂固其存者也漢懲吳濞楚戊之強而犯上盡封各國支庶以裂其壤至于哀平之際宗室載屬籍者十二萬人莫不據士民之上有王公之勢莽既盜漢而光武兄弟呼于南陽此十二萬人者近遠響應故東京之復舊物易於反掌靈獻之末表琮馬瑋猶能崛強荆益以資昭烈之興所謂續其統者也唐宋則不然其宗室皆聚居於京師故朱溫篡唐而德王等九人一日同沈于九曲池濮王等數百人一夜同阬于龍興寺女貞取宋而惟康王以出使孟后以被廢二人得脫其舉宗北遷卒見屠于完顏亮無一人幸免蓋無以保其姓矣夫聚居之也樂其易防制此利之小者而其後有大害觀於唐宋可見矣分封之也惡其難約束此害之小者而其後有大利觀於周漢可見矣蘇子瞻諸人言封建之害胡明仲諸

人言封建之利各有其說而未嘗言其太利害見於萬世之
後如此然則有天下者為其子孫計可以無疑於此矣抑宋
統之幸不絕而天留康王以續之何也曰汴宋二百年矣仁
如慶曆元祐之日多不仁如熙豐崇宣之日少其不仁也民
怨之而其仁也民憐之其怨之也足以亡而其憐之也足以
不絕民之心即天之意也善得天者得於民而已矣善得民
者以其仁而已矣

朱熹卒

熹之學後世論者謂為集諸儒之大成夫小成者有所缺而
不全有所偏而不中集之而後為大成也熹於生乎其前之
諸儒若周之精程之正固非有待於熹而後能全其所或缺
中其所或偏至於康節之高明而稍未即乎實橫渠之弘毅

而猶未至乎熟乃若待乎熹有以實其所未實熟其所未熟
者然亦不可謂彼缺而此全彼偏而此中由是言之熹於生
乎其前之諸儒未嘗集其大成至於生乎其時之諸儒則能
集其大成何也熹之時諸儒為言人人不同言度數者蔡元
定父子之於地理樂律有指歸矣熹與之上下其論而脗合
焉言述作者周必大諸人燁乎以所長著稱也熹作徒與之
講評賡酬可相伯仲而文考昌黎之異賦明靈均之衷詩闢
陶韋之門使來者不迷其塗焉於施諸用者辭受進退不屈
其節告君必以格致誠正而不小其道臨民幹方鋤奸救患
之不遺其力視當時溺學之志事功者陳同父輩反過之也
於求諸史者未嘗若呂祖謙之專而綱目繼春秋功過呂矣
呂與張敬夫輔翼熹以共究遺經不幸短世而熹歲寒松栢

爲斯道之梁棟又過張矣惟陸象山兄弟始與熹異論而熹卒棄其所長以爲己有予嘗考之熹與項平父書云子靜專尊德性而熹平日所論道問學爲多是以彼之學者多持守可觀而看義理不詳熹自覺於義理不敢亂說而緊要爲己多不得力今當反身用力去短集長庶幾不墮一邊爾又與呂祖謙書云子靜好處自不可掩覆可敬服也祭子壽文云兄乃枉車而來教相與極論而無猜自是以還道合志同又曰惟兄德之尤粹儼中正而無邪至其降心以從善又豈有一毫驕吝之私邪然則所謂熹集諸儒之大成者度數也述作也事功也史也經也道問學也尊德性也其塗如此也蔡也周也陳也呂也張也陸也諸儒之趣於其塗如此也而熹據其會以要之殊塗而同歸於己焉所謂集諸儒之大成者比之謂也或曰陸之於朱論者謂猶冰不可與炭同器若子之云則猶塤鳴箎應可以奏於宮懸之間而備韶頀之一音乎曰然曾晳之狂子路之勇原憲之狷公西赤之容端木賜之辯皆見集於孔子而不見黜者也朱之與陸以其所言而觀之曷嘗終見黜哉謂其終見黜者未嘗考其所言者也亦已甚矣

詔經筵進講朱熹治鑑綱目

宋時諸帝之不廢講學蓋漢唐所未能及者故其時悖德虐政不若漢唐叔季之尤甚漢唐有篡弑之臣而宋無之有賊民崛起幾危社稷如張角黃巢者而宋無之皆由於上之人未嘗悖虐尤甚以激之也講學之效豈可誣哉所謂未嘗悖虐尤甚者若眞宗之天書雖不以諫而中止然其後天書以

書乃具存者惟宋之天書雖不以諫而中止然其後天書以
未嘗廢尤甚以激之也詰學之談言可詳所謂未嘗言
民間焚毀術門書以收聚集者所宋墨之為由於上之人
設不若藏書故事以為大中其藏書在宋焚之由惟宋與之德設
永樂諸帝之不廢載籍藏書所在宋以盡其學言
諸經筵講讀雖未書於講日
已矣
觀之昌宏文見羅整說語其欲見之者未嘗者其所言者也乎
之辯皆見集於孔子而不見於者也宋之與陸以其所言而賜
子曰教會於之任於路之言過處之精公西赤之容辭本賜
文之言則曾點之遺意可以奏人於言語之間而備諸路之禮之一音
死之謂也故曰陸之者於宋論者謂於求不可與攻回諸者乎

據其會以觀其歸而同歸於心是所謂集諸儒之大成者
也周也陳也呂也陸也皆儒之一端也其於道其猶如此也
作也禮也易也經也道問學也尊德性也其道也若一致也本
一章騎文之教則無中正所謂集諸儒之大成者至其事善又直有
曰惟乃見之德之大本于義中正而無偏之倫也吾求以至其道以合其同乎又
見乃柱事在大本以博文而約禮以求諸己以適合於同
言道相書之語得其所以本末也自始至終其當乎又
多不見之今富以學用之大本於集又文之不可觀
可觀而理于事自覺於其文辭
尊德性而道問學以求其道
子兼其所長以盡其道
為其所道以論其學

殉于梓宮英宗追崇所生諍者盈廷則爲之屈意中止矣神哲以來改更法度正人邪黨迭爲勝負亦紛然也然有竄逐而無刀鋸南渡以後和議作而語恢復者被排斥僞學禁而師閔洛者入罪籍然斥之而益奮罪之而愈勵者亦由其無死禍以加諸人而人之改行易節者終少也其未嘗悖虐尤甚於此可見豈非講學而有見于前代覆車之轍乎治鑑綱目者人主有志于講學則不可以不之觀而前代覆車之轍無不於此乎在也或者謂治鑑綱目雖歷涉司馬温公朱文公兩大賢之筆削而成然賢而已爾非出於聖也史而已爾難侔於經也人主亦留心於聖人所作之經而足矣於賢人所述之史未之及焉以未有害也是不然尚書者紀傳史之出聖筆者也春秋者編年史之出聖筆者也温公取尚書以後之紀傳史約之以爲編年治鑑而文公倣春秋大書以爲之綱三傳分註以爲之目是則治鑑綱目者尚書春秋之子孫而尚書春秋者治鑑綱目之祖父也祖父子孫一氣之相傳聖經賢史一理之相續孰云其未之及焉似未有害也哉爲此說者是猶告人以千萬里遠之覆轍而不告人以一二里近之覆轍也其顛踣不愈速乎

殷民叛周論

周洪謨

或問武王之伐商也書曰前徒倒戈攻其後以比是言王者無敵也又曰篚厥玄黃昭我周王是言人心悅服也夫何天下甫定武王既崩而四國殷民扇亂不已雖化訓三紀之久而閑之猶艱故先儒謂大誥康誥酒誥梓材召誥洛誥多士多方八篇皆爲殷人不服周而作又謂方殷之虐人如在膏

火中歸周如流不暇念先王之德及天下稍定人自膏火中出郎念殷先七王如父母雖以武王周公之聖相繼撫之而莫能禦也由是觀之則所謂倒戈執篚於弔伐之日者不幾於虛文乎聖人以至仁伐至不仁何其人心之不易服哉南皐子曰是蓋不然向之倒戈而不敵執篚而來迎者非商之臣也乃紂所虐害之蒸民也所播棄之犁老也其後不服周而念商者非商之民也乃紂所比昵之罪人也所崇信之姦回也何以明之書曰乃惟四方之多罪逋逃是崇是長是信是使是以為大夫卿士俾暴虐于百姓以姦宄于商邑又曰為天下逋逃主萃淵藪則商臣之黨紂虐民者皆天下之姦回罪人不可謂不衆也故孟子謂武王驅飛廉于海隅而戮之滅國者五十而朱子以為皆黨紂虐民者也然滅之云者豈噍類無遺哉不過殲其渠魁而餘孽之猶存者不知幾千萬人誅之不可勝誅也既不之誅而子弟念其父兄之死臣僕念其國統之絕者憤怨不已故乘三監之隙而脅其民以叛也今夫盜蹠一呼聚黨數百猶能麋人之國其故何哉脅之而已矣豈有紂黨之在淵藪者猶衆而不能脅四國之民以叛哉故多士曰予大降爾四國民命多方曰我惟大降爾四國民命皆謂商民為所脅者衆故寬宥之而不加誅也雖以四國民命為言而曰商王士曰爾殷多士曰殷侯尹民曰胥伯小大多正則實告殷臣而非告殷民也至于畢命曰毖殷頑民亦指殷之餘孽而言故下文言世祿之家鮮克由禮茲殷庶士席寵惟舊則極數殷士之惡而無一語以及殷民也數千載之下讀者不得其意乃謂殷民既怨殷而歸周又

叛周而思殷且或謂周之頑民乃殷之忠臣夫殷之臣孰有忠於微子箕子而叛周者非微子箕子乃紂子武庚及其餘黨耳使誠以爲叛周者非紂餘黨乃前日塗炭之民則聖人伐暴救民之意終無以白於天下後世而亂臣賊子得以藉口矣予故爲詳辯之

皇明文衡卷之十一

說

天說上　劉基

或曰天之降禍福於人也有諸曰否天烏能降禍福於人哉好善而惡惡天之心也福善而禍惡天之道也爲善者不必福爲惡者不必禍天之心違矣使天而能降禍福于人也而豈自戾其心以窮其道哉天之不能降禍福於人亦明矣曰然則禍福誰所爲與曰氣也曰氣也者孜孜焉爲之與曰否氣有陰陽邪正分焉陰陽交錯邪正互勝其行無方其至無常物之遭之禍福形焉非氣有心於爲之也是故朝菌得濕而生晞暘而死靡草得寒而生見暑而死非有心於生死之也生於其所相得而死於其所不相得也是故正氣福善而禍惡邪氣禍善而福惡善惡成於人而禍福從其所遇氣有所偏勝人不能禦也曰然則天聽于氣乎曰否天之質茫茫然氣也而理爲其心渾渾乎惟善也善不能自行載於氣以行氣生物而淫於物於是乎有邪焉非天之所欲也人也者天之子也假於氣以生之則亦以理爲其心氣之邪也而理爲其所勝於是乎有惡人焉非天之欲生之也朱均之不肖而以爲子非堯舜之所欲也蟯蛔生于人腹而人受其害豈人之欲生此物哉曰然則天果聽于氣矣曰否天之氣本正邪氣雖行於一時必有復焉故氣之正者謂之元氣元氣未嘗有息也故其復也可期則生於邪者亦不能以自容焉秦政王莽是已曰跖之壽操懿之得其志而子孫享之豈天之有所私邪曰氣之復也有遲有速而人之生也不久故爲惡

說

天說上

劉基

或曰天之降禍福於人也有諸曰否天且惡能降禍福於人哉好善而惡惡天之心也福善而禍淫天之道也為善者不必福為惡者不必禍天之心違乎使天而能降禍福于人也而豈自戾其心以窮其道哉天之不能降禍福于人亦明矣曰[illegible]

之人或當其身而受罰或卒享福祿而無害當其身而受罰者先逢其復者也享福祿而無害者始終于其氣者也以懿繼操以裕繼懿不於其身而於其後昆謂天之有所私不可也故見禍福而謂之天降于人者非也氣未復而以禍福責於天亦非也不怨天不尤人殀壽不貳脩身以俟惟知天者能之

天說下

或曰天災流行陰陽舛訛天以之驚於人與曰否天以氣爲質氣失其平則變是故風雨雷電晦明寒暑者天之喘吁呼噓動息啓閉收發也氣行而通則陰陽和律呂正萬物茲育五位時若天之得其常也氣行而壅壅則激激則變變而後病生焉故吼而爲暴風鬱而爲虹蜺不平之氣見也抑拗憤結迴薄切錯暴怒溢發冬雷夏霜驟雨疾風折木漂山三光盪摩五精亂行晝昏夜明瘴疫流行水旱行殃天之病也霧濁星妖暈背祲氛病將至而色先知也天病矣物受天之氣以生者也能無病乎是故瘥癘夭札人之病也狂亂反常顛蹶披揭中天之病氣而不知其所爲也雖天亦無如之何也惟聖人有神道焉神道先知防於未形不待其幾之發也堯之水九載湯之旱七載天下之民不知其災朱均不才爲氣所勝則舉舜禹以當之桀紂反道自絕于天則率天下以伐之元氣之不汨聖人爲之也曰然則人勝天與曰天有所不能而人能之此人之所以配天地爲三也曰書曰作善降之百祥作不善降之百殃非與曰此天之本心也而天有所不能病於氣也惟聖人能救之是故聖人猶良醫也朱均不肖

堯舜醫而瘳之桀紂暴虐湯武文醫而瘳之周末孔子善醫而時不用故著其方以傳于世易書詩春秋是也高文光武能於醫而未聖故病少愈而氣不盡復和安以降病作而無其醫桓靈以鉤吻爲參苓而操懿之徒又加鴆焉由是病入于膏肓而天道幾乎窮矣曰然則元氣息矣乎曰有元氣乃有天地天地有壞元氣無息堯舜湯武立其法孔子傳其方方與法不泯也有善醫者舉而行之元氣復矣作天說

雷說上

有夫耕于野震以死或曰畏哉是獲罪于天天戮之矣劉子曰噫誣哉何觀天之局也一夫有罪天將自戮之乎天生民而立之牧付之以生殺之權而又自震以討焉惡用是司牧者爲也曰天鑒于民有隱慝焉人罰弗能及也而震以威之微顯闡幽神道也曰惡是何言也古帝制刑以爲天下均故執刑如執權因罪之輕重而前卻之又不敢專而聽于天曰天討也夫是之謂贊天地之化育今曰天又自以震戮人罪吾不知天之所自戮者以何等罪乎謂其積之極人不能勝而戮之邪則天下之爲人子而不孝爲人臣而不忠爲人長而不慈爲人幼而不遜爲人友而不義爲人妻而不順賊義戕仁縱私而滅公倚勢而行姦乘約而肆淫人言而獸心陰慘而陽和磨牙吮血朘膏刮骨擅威作福殘害正直而逭于司寇之誅者不爲不多矣豈司雷者有所畏乎乃不一有戮而庸夫乎戮焉使彼有以覘天之意而謂天之所怒在彼而所容在此也則恃以不忌是天以震勸逆而濟禍也豈天道哉必不然矣曰然則雷何物也曰雷者天氣之鬱而激而發

哉必不然矣曰然則雷何物也曰雷者天威之變而激而發
所容在其間也則以不忍是天以震擊逆而濟禍也豈天道
而庸夫乎殺焉使彼有以覘天之意而謂天之所怒在彼而
刑戮之誅猶不為不多矣豈曰雷者有所畏乎乃不一有數
條而陽和癘乎所以由假靈於聖賢擅威作福務害正直而適于
殺仁賊義而殺以循勢而行擁兼併而肆淫人言而讒心陰
而不慈為人幼而不遜為人友而不義為人妻而不順賊義
而殺之邪則天下之為人子而不孝為人臣而不忠為人長
吾不知天之所自殺者以何辭乎謂其讒之禍人不能勝
天討也夫是之謂贊天地之化育今曰天又自以震擊人罪
執刑罰者權因罪之輕重而前治之又不敢專而聽于天曰
微縕闡幽神道也曰聖人何言也古帝王以為天下法故

有夫靜于野震以死或曰果然是獲罪于天天殺之矣論于
曰息雖哉何鬼夫之為也一夫有罪天討自殺之乎天主民
而立之故行之以主設人權而又自震以討之惡用是司牧
書為也曰天擊于民有慝過而不入罰誅殺也而震以威之

雷說上

方與法不及也有善惡吉凶樂而行之元氣復矣作天說
有天地天地有氣元氣與息堯舜湯武立其法孔子傳其方
于言而天道幾乎熄矣曰然則元氣息矣乎曰有元氣乃
其靈通靈以伺為參者而操之命之又加為厲由是病人
能分醫而未聖故病不會而藏不盡演和好以辟病作而無
而得不用故普其方以傳于世易書詩春秋是也高文光武
養浮躁而激之大亂於是暴亂而湯武又醫而興之周末孔子當醫

也陽氣圍於陰必迫迫極而迸迸而聲爲雷光爲電猶火之出礮也而物之當之者柔必穿剛必碎非天之主以此物擊人而人之死者適逢之也不然雷所震者大率多於木石豈木石亦有罪而震以威之邪

雷說下

或曰雷有神焉有諸曰人曰有之曰然則雷神所爲而非氣矣曰否雷與神皆氣之所爲也氣也者無所不能爲也忽而形倏而聲爲雷爲神或有或無不可測知人見其忽而形也而謂之神夫神也者妙萬物而無形形則物矣是故有形而有質者有形而無質者有暫者有久者莫非氣所爲也氣形而神寓焉形滅而神復于氣人物鬼神或常或變其歸一也曰既爲神也而曰不能戮人罪何邪曰神形而暫者也彼且不能久其形惡能求罪人而戮之

鑽燧說

宋濂

宋子間居見家人夏季改火不用桑柘取赤檞二尺中析之一剜成小空空側開以小隙一剡圓大與空齊稍銳其兩端上端截竹三寸冒之下端寘空內以細緪纏其腰别藉卉毛於隙下左手執竹右手引緪急旋轉之二檞相軋摩空木成塵烟輒起塵自隙流毛上候其烟翁勃以虛掌覆而爇之則火燄燄生矣宋子嘆曰火在木中不鑽則火不見萬善具於人性不學則善不明人何可不學哉

猿說

武平產猿猿毛若金絲閃閃可觀猿子尤奇性可馴然不離母母黠不可致獵人以毒傅矢伺母間射之母度不能生灑

乳于林飲子灑已氣絶獨人取母皮向子鞭之子即悲鳴而
下歛手就制每夕必寢皮乃安甚者輒抱皮跳擲而斃嗟夫
猿且知有母不愛其死況人也邪

雜說二首　王禕

蜈蚣與雞不相類也而其讐最甚雞見蜈蚣必殄而啗之人
被蜈蚣螫者塗以雞涎痛隨癒然雞死蜈蚣輒入其腹齧之
不置蚊與鼈不同群也而其怨尤深鼈被蚊嘬無不斃而人
欲辟蚊者粉鼈甲骨爇之蚊聞其臭卒皆避去即不避無能
生存者夫蠢蠢之物有知而無識者也蜈蚣見殄於雞雞
死矣必復其讐於既死鼈見斃於蚊蚊固生也猶報其怨使
不能生物性之烈有如此嗚呼人有識矣懷害人之心而不
顧人之讐怨於已亦何其不善自恕也哉

蝟之爲物毛善刺人能跳入虎耳虎或噬之蝟皮頑不能死
則穴虎腹以出而其性惡鵲見鵲便自仰腹受啄烏賊之爲
物無有皮介每暴於水上狀若已死人取之易甚而其性好
烏烏有下啄則卷而食之嗚呼蝟與烏賊其形相萬也其好
惡不相侔也蝟獰然而可畏烏賊塊然而可狎獰然可畏者
宜能害鵲而反受害於鵲塊然可狎者宜不可害烏而卒致
害於烏此其理誠有不可解者然則人固有獰然而惡人者
其可畏塊然而好人者其可狎邪

染說　蘇伯衡

凡染象天象地象東方象南方象西方象北方象草木象翟
象雀以爲色取蜃取梔取茈取藍取茅蒐取橐盧取豕首取象斗
取丹秫取涗水取欄之灰以爲材熾之漚之暴之宿之淫之

沃之塗之揮之漬之以為法一入再入三入五入七入以為候天下染工一也於此有布帛焉衆染工染之其材之分齊同其法之節制同其候之多寡同其色之淺深明暗枯澤美惡則不同其深而明澤其美者必其工之善者也其淺而暗枯而惡者必其工之不善者也蓋天下之技莫不有妙焉染之妙得之心而後色之妙應於手染至於妙則色不可勝用矣夫安得不使人接于目而愛玩之乎此惟善工能之非不善工可能也夫工於染者之所染與不工於染者之所染其色固有間矣然雖工者所染之布帛與天地四方草木翟雀其色則又有間矣無他天地四方草木翟雀之色二氣之精華天之所生也天下之至色也布帛之色假乎物采人之所為也非天下之至色也學士大夫之於文亦然經之以杼軸

緯之以情思發之以議論鼓之以氣勢和之以節奏人人之所同也出于口而書于紙而巧拙見焉巧者有見于中而能使了然於口與手猶善工之工於染也拙者中雖有見而詞則不能達猶不善工之不工於染也天下之技莫不有妙焉而況於文乎不得其妙未有能入其室者也是故三代以来為文者至多尚論臻其妙者春秋則左丘明戰國則荀況莊周韓非秦則李斯漢則司馬遷賈誼董仲舒班固劉向揚雄唐則韓愈柳宗元李翺宋則歐陽脩王安石曾鞏及吾祖老泉東坡潁濱上下數千百年間不過二十人爾豈非其妙難臻故其人難得歟雖然之二十人者之於文也誠至於妙矣其視六經豈不有逕庭也哉六經者聖人道德之所著非有意於為文天下之至文也猶天地四方草木翟雀之為色也

左丘明之徒道德不至而其意皆存於為文非天下之至文也猶布帛之爲色也學者知詞氣非六經不足以言文玄非天黃非地青非東方赤非南方白非西方黑非北方夏非翟緅非雀紅綠非草木不足以言色可不汲汲於道德而惟文辭之孜孜乎天台方希直從太史宋公學爲文章其年甚少而其文甚正不推同門之士未有及之者自

朝之縉紳以至四方之老成凡與宋公友者無不推許之以爲不可及余每過宋公退即希直讀其所爲文未嘗不擊節而歎其有得於文之妙也今希直將歸其鄉大肆其力於文故因以此勉焉余自蚤歲徒盡心於文章垂五十而迄無聞不知自勉乃欲勉希直寧不知愧然希直得全說而及時以道德自任則文何至若余哉此余之所以致愛助於希直也

默齋說

天下之道有小者近者費者而又有大者遠者隱者其小者近者費者我可以言傳也人亦可以言求也其大者遠者隱者不可以言求諸我也猶不可以言傳諸人也言不可得而傳也故夫子罕言命不可以言而求之也故子貢得聞夫子之文章而不得聞夫子之言性與天道夫言傳不可也豈不可心授乎夫言求不可也豈不可心領乎焉有心授心領而不默焉而契若針之於石者乎此非苟默而已矣誠以爲道至微妙非言語所能形容也苟闡道而事乎言語之末非惟不足以盡之且將開是非之端而好奇立異者不勝夫紛紜也孰若默示以行而使之默悟之爲愈哉是故善學者欲求父子之道惟潛心於其所以親欲求君臣之道惟潛心於其

所以義欲求夫婦長幼朋友之道惟潛心於其所以別所與序所以信而於天下之物莫不皆然不得則默而思也既得則默而行也扣之而不答也難之而不辨也詰之而不告也咻之而不顧也吾方深思力行之不暇而暇答暇辨暇告暇顧乎哉如是則其於道也察之精矣見之審矣得之深矣執之固矣冒言不得而排之高談不得而動之新說不得而惑之飛語不得而沮之夫安往而不默乎故其默也豈三緘其口哉默契於無言之域也非欲不默其能不默乎彼囂囂者皆於道無得者也不惟無得亦未嘗見焉卒然而問而莫知夫問之爲是爲非泛然而應而莫知其應之爲非爲是而遽然是其所非非其所是是非未脫口而左右前後之毀譽已盈耳則又譁然而與之爭雖欲默其能默乎而況爲學之務

先治其心心之在人也未應接欲靜將應接欲明既應接欲一而主默焉默則無慮默則無欲默則無爲無爲則一無欲則明無慮則靜靜則足以制動明則足以燭奧一則足以御煩默也者心法也故善學者務之遊於夫子之門三千人而秀出其間者獨顏回從事心齋而終日默如愚而夫子亦獨稱之曰好學甚矣默之難也是故顏回慎默也慎默而後恭默恭默而後淵默雖堯舜之治天下亦豈外淵默哉都俞吁咈是不得已而然也要其極致夫何爲哉恭己正南面而已矣蓋其精神心術常與造物游於無聲無臭之表其默其天是以先天而天弗違後天而奉天時不必若後世之君臣日夜勞於論議而天地自位萬物自育中國自治四夷自服也至哉默乎爲善之先務爲治之要道乎禮部侍郎信菴吳君

景玄嘗以默名其齋而徵說於余謂景玄昔處山林而事學也既以顏回之所以治心者治心今處
朝廷而事
上也當以堯舜之所以治天下者治天下則其爲是齋也非徒與共學者默契於無言之域而已因爲著余之所聞者以爲說且將觀厥成焉

鼠說

胡儼

胡子夜臥有鼠嚙于案其聲磔磔然胡子懼鼠之傷其書也乃暗投一杖杖不能中鼠鼠暫止而復作遂命童子起而逐之鼠稍竄去及童子就枕鼠復嚙不已時貍奴乳別室胡子度鼠之不能去也於是命童子取貍奴置臥內由是向之磔磔者寂不聞矣噫人非不靈於鼠制鼠不能於人而能於貍奴貍奴非靈於人鼠畏貍奴而不畏人然則彼各有職也君子居其職者亦盡其職而已矣作鼠說

泣麟圖說

金寔

聖人之情性備中和之極發之宜無不中節竊怪顏淵死夫子哭之過哀而不自知謂其親之之至也則天倫之親莫如父子未聞其哭鯉如此之過也蓋道在天地而任之在聖人仲尼後文武周公五百有餘歲而生又不得位以行其道思欲明其道傳之以詔後世而高第弟子未逢一聞者又先我而死如之何其弗慟也其曰天喪予天喪予非以傷回也傷其道之無傳也厥後魯人西狩而至仁之靈物忽踣於叔孫氏之車焉方是時也上無明王下無方伯亂臣賊子接迹當世彼是物者胡爲乎來哉若以其爲吾夫子而出以斃於鉏

商之手不猶吾夫子之幾不免於匡宋乎是尤可悲也舉世無識之者獨吾夫子識之反袂拭面泣涕霑襟哀其出不逢時所以嘆吾道之窮耳於是乎假魯史以修經撥亂世反之正以明百王之大法而絕筆於獲麟之一語左氏所謂因所感而起故所以為終者是矣而後世之論咸謂麟出為聖經之應比之馬出河龜出洛而圖書顯蕭韶奏而鳳凰儀是蓋欲以神道設教衒若果以為瑞應則當去網罟絕陷穽從容在囿游泳在郊使吾夫子見之將欣欣然有喜色又何以泣為由是觀之則知吾夫子之泣麟蓋與慟顏淵同一哀痛之機也是皆發乎性情之正而豈有過哉會稽管君雍仲為兗州府推官嘗得是圖於闕里好事者以示予因為著其說

物形說

李賢

萬物之形不出方圓二者然草木鳥獸之類由天生者其形圓惟器用室宇之類由人為者方圓兼之大抵出於自然者未有不圓而方者反是蓋圓之出於自然者以有理為之主也理即太極假使有形無不圓者故周子為圖以示人亦必圓其形焉或謂天圓而地方地豈不出於自然乎曰以地為方者據其平言之也殊不知天包乎地地如卵黃蓋亦未嘗不隨天而圓其形焉且紙窓之隙初無圓者日來射之其影必圓蓋亦隨日之形耳水波之靜雖曰平焉以物投之其紋必圓蓋一生水水亦隨天之形耳以類而推之莫不皆然于以見造化之知矣

解釋附　辨

儒解

王禕

有用之謂儒世之論者顧皆謂儒為無用何也曰非論者之過也彼所謂無用誠無用者也而吾所謂有用者則非彼之所謂無用矣夫周公孔子儒者也周公之道嘗用於天下矣孔子雖不得其位而其道即周公之道天下之所用也其為道也自格物致知以至於治國平天下內外無二致也自本諸身以至於徵諸庶民建諸三王本末皆一貫也小之則云為於日用事物之間大之則可以位天地育萬物也斯道也周公孔子之所為儒者也周公孔子遠矣其遺言固載於六經凡帝王經世之畧聖賢傳心之要粲然具在後世儒者之所取法也不法周公孔子不足謂為儒儒而法周公孔子矣其不可謂為有用乎噫斯吾之所謂儒也其果世之所謂無用者乎且世之所謂無用者我知之矣縫掖其衣高視而闊步其為業也呫畢訓詁而已耳綴緝辭章而已耳問之天下國家之務則曰我儒者非所習也使之涉事而遇變則曰我儒者非所能也嗟乎儒者之道其果盡於訓詁辭章而已乎此其為儒也其為世所詆訾而蒙迂闊之譏也固宜謂之為無用固誠無用矣而又何怪焉姑孰潘君章甫儒之有用者也自為右史即以嘉言讜論上簡

主知歷僉湖廣浙東憲所至赫赫有政譽用是入中書為參議遂拜江西按察使夫陪鈞軸總憲度　國家之任莫重焉而君則迭任之此其為有用夫人之所知也抑余之所知固

有大於是者周公孔子之道吾將望之儒者之効庶幾賴以暴白於天下寧如今日所見而已乎雖然有用之用難矣而無用之用亦不易也若余者蓋業於無用之用流於迂闊不能以自返者也君盍有以教我乎哉余嘗執筆繼君後知之也深故於其行解儒以為贈

豢龍解　　朱右

龍非可豢也可豢非龍也夫龍淵潛而天飛能小大致雲雷澤下土神變莫測豢養何加焉豢養得加之則非龍矣嘗舟入貢由南海入廣有物蜿蜒長七尺魚身牛首繭角鱗甲爪牙鬚髯具如龍舟人以木穽窌其中置海水以豢養之將獻京師且曰初為漁網得之若黿鼉魚鱉然吾固知其為非龍也天下大獸五鱗之長為龍而龍有神不神不足以長物也

贏之長為人而人有聖不聖不足以長人也或以人為人非也聖斯全人矣以龍為龍非也神斯全龍矣人將不以聲利惑則龍不可以豢養得故曰人無慾猶龍然作豢龍解

中星解　　貝瓊

中星見於作曆之法尚矣天有定星星無定位各於四時考之南方而堯典言象言次言星之不同何也永嘉鄭氏本於孔注互見之說諸家無以易之蓋南言朱鳥則知東為蒼龍西為白虎北為玄武矣東言大火則知南為鶉火西為大梁北為玄枵矣西言虛北言昴則知南為星東為房矣余求之經而參之考亭所論豈特以互見為文哉天道至幽至遠而聖人察之至精至密春言星鳥以二十八宿各復於四方而星鳥適見於昏中故舉而言之至於仲夏則朱鳥轉而西蒼

能轉而南而大火適見於昏中不可以象言亦不可以星言矣秋之中星則玄武七宿之虛宿冬之中星則白虎七宿之昴宿故於此獨舉一宿焉大抵天以星爲體而有廣狹遠近明暗早晚惟中者則載之故月令仲春昏弧中旦建星中餘月皆舉二十八宿而此獨非者以弧近井建星近斗井斗不可的指故舉弧建以定昏旦之中則知堯典所載豈非以其中之所見而言乎聖人考中星以正作說成易之事析因夷隩之宜所謂術不違天政不失時者如此然堯時冬至日在虛昏中昴至宋子之時則日在斗昏中壁此見歲差之由而歲差之由恒於中星知之苟以爲互見其法無乃甚疎邪吁差之毫釐繆以千里而學者不之詳也故表而著之

釋統上

方希古

仁義而王道德而治者三代也智力而取法術而守者漢唐宋也強致而暴失之者秦隋也篡弒以得之無術以守之而子孫受其禍者晉也其取之也同而身爲天下戮者王莽也苟以全有天下號令行乎海內者爲正統邪則此皆其人矣然則湯武之與秦隋可得而班乎漢唐之與王莽可得而並乎莽之不齒乎正統久矣以其篡也而晉亦篡也後之得天下而異乎晉者寡矣而獨黜莽何也謂其無成而受誅也使光武不興而莽之子孫襲其位則亦將與之乎抑黜之乎昔之君子未嘗黜晉也其意以爲後人行天子之禮者數百年勢固不得而黜之推斯意也則羿莽苟不誅論正統者亦將與之矣嗚呼何其戾也正統之說何爲而立邪苟以其全有天下故以是名加之則彼固有天下矣何必加以是名也苟欲

下致以虞名於亡也彼固有天下矣何必以虞名也哉
之矣嗚呼何其戾也正統之說何為而立邪以其全有天
贅固不得而黜之推其故也則并若不果論正統者亦將與
之吾子未嘗與晉也其意以為後人行天下之議今若數百年
先武不與而奪之以予從晉之臣則亦得與於中國之中乎豈
下而異乎晉者漢矣而獨與之何也謂其無成而受禪之便
平奪之不盡乎正統久矣以其篡也而晉亦篡也後得天
然則漢武世之虐秦隋可得而進乎漢唐之與王者可擬而並
苟以全有天下論之行乎治內者為正統則曰此皆其人矣
子孫受其禍者晉也其取之也同而異於天下數者王莽也
宋也強暴而暴天下者秦隋也其被之以禪之美者以中之而
行義而王道廢而治者三代也智力而取求而守者漢唐

釋統上　　方希古

善人之言書緯以千里而學者不之詳也故奉而書之
緇善其由恒以中星知之若以為已見其法無乃其踈邪
造昏中節至于十之辟則日在牛昏中壁此見歲差之由而
陳之宜所謂術不違天政不失時者如此然若竟時久至日在
中之所見而言乎聖人未中星以正作說攷之事有所因矣
可的指數舉亦違以定昏旦之中則知二典所載豈非以其
月皆舉二十八宿而此獨非者以亦近井建星近斗井斗不
明猶早晚推中者則載之故月令仲春昏弧中旦建星中簡
昴宿故於此獨舉一宿焉大抵天以運為體而有廣狹遠近
矣秋之中星則玄武七宿冬之中星則白虎七宿之
鶉首南而大火適見於昏中不可以乘言亦不可以準言

假此以寓褒貶正大分申君臣之義明仁暴之別内夏外夷扶天理而誅人僞則不宜無辨而攙加之以是名使聖智秉乎暴桀順人者等乎逆弑也僥倖而得天下者雖其勢力之強無所為而不成然其心私計而深念未嘗不畏後世之公議今將立天下之大法以為萬世勸戒不能探其邪正逆順之實以明其是非而槩以正統加諸有天下之人不亦長僥倖者之惡而為聖君賢主之羞乎適事機之會庸材小人皆可以得志處非其地用非其時聖君賢主亦不足以成治功古之能統一宇内而動不以正者多矣秦隋其尤也動不以正而以正統稱之使文武周公而有知其不羞與之同此名乎故謂周秦漢晉隋唐宋均為正統猶謂孔子墨翟莊周李斯孟軻楊雄俱為聖人而傳道統也其孰以為可非聖人而

謂之聖人人皆知其不然不可為正統而加之以正統之號則安之而不知其不可是尚可以建之萬世而無弊乎名者聖人之所慎也季子子然以冉求仲由為大臣孔子忿然卑之若二子之才曾之諸臣莫及也苟為大臣未見其為過而孔子慎而不許蓋才如仲由冉求而以為大臣則伊尹周公將曷以名之乎伊尹周公大臣也則二子非其類矣故曰可謂具臣矣以秦隋而方乎周豈直若二子之與伊尹周公哉使孔子而出其不混而稱之也決矣蓋必有其道焉而不可知矣嘗試論之曰天下有正統一變統三三代正統也如漢如唐如宋雖不敢幾乎三代然其主皆有恤民之心則亦聖人之徒也附之以正統亦孔子與齊桓仁管仲之意歟奚為變統取之不以正如晉宋齊梁之君使全有天下亦不可為正

矣守之不以仁義戕虐乎生民如秦與隋使傳數百年亦不可為正矣夷狄而僭中國女后而攄天位治如苻堅才如武氏亦不可繼統矣二統立而勸戒之道明使倖者其有所懼乎此非孔子之言也蓋竊取孔子之意也

釋統中

正統之說立而後人君之位尊變統之名立而後正統之說明舉有天下者皆謂之正統則人將以正統可以智力得而不務脩德矣其弊至於使人驕肆而不知戒舉三代而下皆不謂之正統則人將以正統非後世所能及而不勉於為善矣其弊至於使人懈怠而無所勸其有天下同也惟其或歸諸正統或歸諸變統而不可必得故賢主有所勸而奸雄暴君不敢萌凌上虐民之心朱子綱目之作所以誅暴止亂於

前而為萬世法也立一法而不足盡天下之情偽則小人將馳騖乎法之外而竊笑吾法之踈是孰若無法之愈乎故正統以處其常而參之以變統然後其變可得而盡也朱子之意曰周秦漢晉隋唐皆全有天下矣固不得不與之以正統苟如是則仁者徒仁而暴者徒暴以正為正又以非正為正也而可乎吾之說則不然所貴乎為君者豈謂其有天下哉以其建道德之中立仁義之極操政教之原有以過乎天下也有以過乎天下斯可以為正統不然非其所據而據之是則變也以變為正奚若以變為變之美乎故周也漢也唐也宋也如朱子之意則可也晉也秦也隋也女后也夷狄也不謂之變何可哉正統則處之以天子之制變統則不得並焉正統之君非吾貴之也變統之君非吾賤之也賢者得民心

得民心民斯尊之矣民尊之則天與之矣安得不貴之乎非其類無其德民必惡之當時惡之後世以其位而尊之則違乎天矣故不得不賤之也貴不特於其身而又延及於子孫雖甚愚不肖苟未至於亡國猶尊之以正統之禮賤不特於其身而其子孫雖有賢知之才亦不能掩其惡夫如是而後褒貶明夫如是而後勸戒著夫如是而後正統尊奸邪息夷狄懼

釋統下

夫所謂變統之制者何也異於天子之禮也彼生以天子養没以天子葬儼然帝中國而臣四夷天下莫與敵大矣曷爲而異其禮蓋其所可致者勢也不可僭乎後世者義也勢行於一時義定於後世義之所在臣不敢私愛於君子不敢私

尊於父大中至正之道質諸天地參諸鬼神而不惑也何謂天子之禮正統是也正統之君始立則大書其國號謚號紀年之號凡其所爲必書所言必書祀典必書封拜必書書后曰皇后書太子曰皇太子后及太子没皆曰崩葬必書其陵其謚有事可紀者紀其事所措置更革曰詔曰令曰制兵行曰討曰征曰伐施恵曰赦曰大赦施刑當罪曰誅曰伏誅違上興兵者曰反曰作亂曰犯曰寇曰侵倍之者曰叛其隣國其臣慢之者必因事貶之知尊正統者雖微必進之不幸而至於衰微受制於強暴或屈而臣之強暴者誠夷狄也誠不可爲正統也則盜賊之雄耳必愼抑揚予奪之辨其以兵侵也曰入寇得地曰陷據都曰據至闕曰犯虜正統之君必易辭書其故見殺曰弑而書其主之名及其主之没也特書曰

謂書其故見殺曰執而書其全之名反其主不之況此辭書曰
也曰人臣遵法也曰諂佞曰擁主國曰篡正統之書皆必曰
可為正統也則曰追號之雄耳必須書其天下之辭其以兵侵
至於夷狄變夷之暴篡國臣之強暴者僭號則夷其國或篡者
其國更之者必因其事而紀之尊正統者雖從必廢之不幸而
上遜位者曰反曰奪曰弒曰廢曰殺曰偽者曰賊其國
曰詔曰征曰伐曰戰曰救曰大赦曰赦曰當罪曰誅曰來誅
其號令可紀者紀其事所措置更革曰詔曰令曰制其行
曰皇后書太子曰皇太子后及太子不稱皇曰后曰嬪其娣
年之號凡其所為必書所言必書與必書封拜必書罷
天子之禮正統也正統之君始即位則大書其國號謚號紀
尊於天下大中至正之道而諸天下莫敢不遵者也正統書

於一時義所以扶世教立人道所在百不敢私於天下之不敢私
而異其禮者其所以可欲者也使不可僭乎後世者之變也
凡以天子華夷之辨帝中國而臣四夷天下莫敢不遵大義者
夫所謂變統者何也別於天子之禮也統之主以天下之

釋統下

方孝孺

傳曰明夫天下有是不能以正統者其所以
其君而其子孫雖有聖賢之才亦不得擬其位夫有是不能致
雖其已為不肖者未必不可以正統之禮與之者
乎天下之主不得不與之也責人者又何及夫子
其猶樂其德之民必以為之君者由以其道而尊之以其
得民心民得其尊之天下即天與之矣故事不責乎非

死其黨之與謀陳力得罪於正統者雖功多皆書曰死以著其罪以紀其惡得中國之地其民有思中國而叛之者曰起兵以地降者曰來歸不為中國而反者彼亦不得而盜賊之也亦曰起兵得郡則曰取某郡其誘正統之臣曰誘執曰執殺曰殺將相則名其主正統之臣降于夷狄則夷狄之死不曰卒而曰死凡力能為正統之患者滅亡則異文書之以致喜之之意正統亂亡則詳書而屢見之以致惜之之意變統之異於正統者何也始一天下而正統絕則書甲子而分註其下曰是為某帝某元年書國號而不書大書帝而不書皇書名而不著謚其所為非大故不書常祀不書或書以志失禮或志禮之所從變則書立后不書尊封其屬不書非賢臣雖王公拜罷卒葬不書行幸非關得失不書詔令非有更革不書其崩曰殂后死曰薨大臣曰卒佐篡弑贊征伐以危正統者曰死聚斂之臣曰死酷吏曰死浮屠之位尊而因事得書者曰死毀正統陵廟宮室名其主用兵不曰討不曰征伐刑其人不曰誅天下怨而起兵不曰反惡乎篡弑非惡乎君也惡乎夷狄惡乎女主非其君故不得以君道臨之也惟於其臣於其部落則得致其罪士之仕變統者能安中國則書能止暴亂除民害則書能明道術於後世則書有愈貴而愈賤者有愈賤而愈貴者利祿寵倖之臣愈貴而愈賤也守道不汚之士愈賤而愈貴也故君子之於變統外之而不親也微之而不尊也斷斷乎其嚴也閔閔乎恐其久也望望乎欲正統之復也是何也為天下慮也奚而為天下慮使女主而乘君位夷狄而踐中國篡弑而不亡暴亂而繼世

使女主而來者位夷狄而殺中國幾希而不亡某者言而縊之
望乎者正統之實何也為天下重而為天下慮
而不離也殺之而不棄也閏閏乎其義也閏閏乎其人也
變也守道不足以士愈觀而愈貴也故君子之於天下之變統亦以
愈貴而愈賤者貴愈賤而愈貴者也此書正統之君愈書而愈尊
中國則書諸上異於夷狄則書諸下曰故書之以世則直書其書
以也唯於其臣於其夷狄用其法取其實不足以仕變統之君者謹其
非惡乎者也甚乎夷狄甚乎女主非其名故不與以君道謹
刑其人不曰誅天下怨而甚其在惡而不曰又惡乎其篡
書者曰冠殺正統廢篡宮言而曰其主所以不曰書帝不曰冠汝
統者曰冠衆故以臣曰冠語夷曰冠乎奪以尊乎而國事譜
不書其諡昭曰殂而冠曰書充大臣曰卒存奏書贊從以冠正

雖王八年篡漢之賊不書于其罪非闕年其天下不書號令非有異焉
變主志誠之所從發則書之而不書事法其惡不書其罪
書名而不書諡其所為非大故不書當紀不書書盡書以大其
其下曰是為某帝某元年書國號而不書大書帝而不書
以異於正統者何也始一天下而正統則書甲子而分註
書以為正統亂亡則書甲子而屬之以黜之意存
曰卒而曰殂凡以辨正統之書夷滅亡則異其書以之意致
故曰於時相則各其主正統之臣屈節于夷狄則以為死不
也亦曰起兵舉部則曰東來朝其誅正統之臣曰叛書曰動
兵以起降者曰來歸不為中國而反者彼亦不得曰正統之
其罪以死其忠擅中國之地其反有罪中國而叛之者曰殺
死其篡人與篡以罪其事於正統者無地名書曰殂以弑

生民之類幾何而不滅乎立經綸所以扶人極能言抑變統者君子之所取也

辨

祿命辨　宋濂

三命之說古有之乎曰無有也曰世之相傳有黃帝風后三命一家而河上公實能言之信乎曰吾聞黃帝探五行之精占斗罡所建命大撓作甲子矣所以定歲月推時候以示民用也他未之前聞也曰然則假以占命果起於何時乎曰詩云我辰安在鄭氏謂六物之吉凶王充論衡云見骨體而知命祿覩命祿而知骨體皆是物也況小運之法本許慎說文巳字之訓空亡之說原司馬遷史記孤虛之術蓋以五行甲子推人休咎其術之行已久矣非如呂才所稱起於司馬季主也泌及後世臨孝恭有祿命書陶弘景有三命抄畧唐人習者頗衆而張一行桑道茂李虛中咸精其書虛中之後唯徐子平尤造其閫奧也曰十一曜之說古有之乎曰無有也書云在旋璣玉衡以齊七政所謂七政日月水火木金土也而無紫氣月孛羅睺計都也星孛數見於春秋或見大辰或入北斗紫氣則載之史冊與氣祲同占羅睺計都者蝕神首尾也又謂之交初交中之神初中者交食之會也借此以測日月之蝕也唐貞元初李弼乾始推十一星行曆鮑該曹士蔿皆業之士蔿又作羅計二隱曜立成曆起元和元年及至五代王朴著欽天曆且謂蝕神首尾頗行之民間小曆而已若吳伯善若甄鸞若劉孝孫若張胄玄之所造旦云七曜而不聞有十一星也曰然則假之以占命又起於何時乎曰洪

範云月之從星則以風雨泠州鳩云武王伐殷歲在鶉火月在天駟則以星占國亦已久矣而未必用之占命也曰以星占命奈何曰予嘗聞之於師其說多本於都利聿斯經都利蓋都賴也西域康居城當都賴水上則今所傳聿斯經者婆羅門術也李弼乾實婆羅門伎士而羅睺計都亦胡梵之語其術蓋出於西域無疑晁公武謂爲天竺梵學者於此徵之尤信也曰術之緣起則吾既得聞命矣然亦巧發而奇中乎曰有固有之而不可泥也何也且以甲子幹枝推人所生歲月展轉相配其數極于七百二十以七百二十之年月加之七百二十之日時其數終於五十一萬八千四百夫以天下之廣兆民之衆林林而生者不可以數計日有十二時未必一時唯生一人也以此觀之同時而生者不少何其吉凶之不相同哉呂才有云長平坑卒未應共犯三刑南陽貴士何必俱當六合誠足以破其舛戾矣三命之說予不能盡信者此也天以二十八宿爲體體則爲經有定所而不可易以五星爲用用則爲緯恒絡繹乎其間或遲或留或伏或逆固有常度而可以理測苟謂纏其宿則吉歷其宮則凶猶或可言也設其星有變其行不依常經而犯乎河漢内外諸星又將何以占之哉或如前所謂生同一時者其躔次無不同吉與凶又何懸絶哉夫萬物皆出於五行安有五行之外又有四餘土木行度最遲而爲吉凶者久故有餘氣而氣爲木之餘計爲土之餘猶或可言也水之餘則孛火之餘則羅果何所取義哉水火土木然矣奈何金獨無餘氣乎或謂相生故有而相尅故無亦非通論也況孛乃妖星或有或無而氣羅計

年亦誠實而書於日與又以見以經書記日日曰可以書與何古曰日與綴
十三以卒亦未嘗誤於蔑於年於日經蔑實而書公羊於
公以誤而非誤也日見經書曰二十二年而又誤于十八年九
在十一月則是二十二年與大歲首無蔑公年書為十一月
歲又三日日亥為惠年于是于八主日在十一月以為案既
穀以則大雪節當在十月十九日或十八日是為十一月朔
言日襄公二十一年書己酉以歲日是為日閏以歲法
朔夏以入月二十一日歲未來日書記異朔日從為閏入以
宗鍼同洪範主穀梁而謂周家改月二十一日庚子
年曲經史諸于皆不合孔宗論亦主日周曆謂以歲與
入論其附主日周曆論古穀梁公羊所書正孔于出歲以
公閏正十一日曆入明年與古於本古主公羊穀梁謂歲不息

穀梁公羊以經傳所謂二十一年于書襄為二十二年祐謹
深異吐預主日曆以月為傳謂二十二年至日曆貞主
年則襄公羊穀梁書一歲日則雖襄公年四月為歲穀
十一年生也日曆歲謂孔于而誤以孔于生於襄公二十二
四年服虔謂從孔年所謂年十五月即以孔于為二
十月同春秋經書從二十一年經孔子申孔子生日公二十
入與日日公羊而謂又十月孔子生三年歲公羊實書一日
書襄公二十一年冬十有一月庚子孔子生穀梁同公羊孔
反有明於襄若日孔于入生事記所書月不同公羊孔

孔子生年辨

禮記檀弓其所有本年日有與于字言命
國日治世大儒公穀合家典不將

於年則以節書三者皆非誤也若是衆言之不齊何如濂應之曰公羊穀梁二氏傳經之家也傳經之家當有講師以次相授且去孔子時又爲甚近其言必有據依司馬遷固良史則後於穀梁公羊者也吾則無徵乎爾孔子所生之年吾當從公羊氏穀梁氏然以春秋長曆考之二十一年己酉十一月無庚子庚子乃在十月之二十一日孔子所生之月吾當從穀梁氏注家謂己酉爲己卯卯酉之文相近故誤書也曰孔子周流諸國之年世家所記多不可考宋之大儒或取之若如子言無不遲一歲者遷尚不足信乎曰衛靈公之時孔子適衛又適陳匡人以爲陽虎而拘之世家謂孔子使從者爲甯武子臣於衛然後得去按武子仕於成公之朝至穆公末武子之子相已與孫良夫將兵侵齊則武子年當耄矣復歷定獻二公凡三十七年至靈公三十八年而孔子至衛使武子猶在其年將一百五十有餘歲矣武子之事然也孔子之年乃獨可信乎非惟此也孔子去魯世家謂定公十四年年表則又謂爲十二年以年表爲是則世家爲非以世家爲是則年表爲非一書之中自相矛盾若此他蓋不足深論皇王大紀曰遷載孔子言行不得其真者尤多言行且爾而況於年乎曰洪興祖謂周之十月即夏之八月者然乎曰非也三代雖異建而月則未嘗改也殷嘗建丑矣書則曰惟元祀十有二月殷嘗建亥矣史則曰元年冬十月舉前後以例之則周制可知孔子作春秋行夏之時爲萬世法不過截子丑二月於前歲之終耳月固不之改也否則春入於夏夏入於秋錯亂而不成歲矣曰馮去疾謂十月庚子在大雪後即爲

秋錯亂而不成歲矣曰遇大疾謂十月庚午在大寒後即為
三月矣而歲之終耳曰國不改也否則春入於冬夏入於

王大紀曰遷書孔子言行不得其實者尤多言且兩而殘

適于衛在其年將一百五十有餘歲矣然于之事然也孔子

未在于之千有巳既見大夫特見優齊則在于甲宿言矣復
為宮大夫在于臣相衛然後得去衛仕於成公之朝至靈公

從蔡乃注家語己酉為己卯卯酉之文相近致誤書也曰

相校且夫孔子書又為其近其言之有據依司馬遷固可安

於年則以謂書三者皆非記也若眾言之不齊何以斷

十一月者可乎曰亦非也世之星史曆生以六物占人休祥當氣會之文固有生於巳酉而以庚戌歲推之者孰云吾儒乃有是邪此野人之語舍之勿以汙齒牙可也曰孔子之生予既得聞命矣其卒之時亦有一定之說乎曰左氏云魯哀公十六年夏四月己丑孔丘卒司馬遷遵之諸儒又從而遵之理之所在孰得而違之故孔子所卒之年吾當從左氏然十六年乃壬戌之歲也是歲四月戊申朔有乙丑而無己丑己丑乃在五月之十二日己與乙文亦相近故誤書也所謂乙丑則四月十八日謂當夏正二月十八日者非也謂十六年爲辛酉己丑吾爲戊戌者亦非也自壬戌歲上遡己酉孔子之年乃七十四謂七十三者尤非也曰近代王應麟博極群書者也頗致疑於是而謂今不可考矣子乃質言之何邪曰衆言紛淆者當折衷以經經無明載當求之於傳求之於傳不得愈於史乎謂今不可考者過矣曰子之言辯則辯矣夏周二正千古難決之疑也何言之若易易邪曰是非爾所知也雖盤徂徠之松以爲煤盡剡溪之藤以爲楮未能竭吾喙也他日當爲受春秋者詳焉

犧尊辨

胡翰

禮有犧尊卽獻尊也司尊彝曰其朝踐用兩獻尊其再獻用兩象尊鄭氏讀獻爲犧又音犧爲摩莎之莎非也獻舉其事犧言其象其爲尊一而已以其尊之一而謂其者亦同不可也犧尊與象尊相須鄭氏謂犧尊飾以翡翠象尊以象鳳皇其說亦非也蓋犧尊爲牛形象尊爲象形皆周尊也王肅云犧象之尊全刻牛象之形鑿背爲尊宋劉杳言古者犧尊彝

尊皆刻木爲鳥獸鑿頂及背以出納酒二家之言近之而杳又云魯郡地中得大夫子尾送女器有犧尊作犧牛形晉永嘉中青州盜發齊景公冢獲二尊狀類牛象意者古之遺制也苟以爲刻木安能久置地中不壞或謂犧尊畫牛象尊畫象亦以木耳非古之遺制也蓋二尊皆以銅爲之其取義皆以牛象而得名犧尊爲犧形象尊爲象形則犧當讀爲羲獻當讀如憲各如其字之本音可也獻舉其事犧言其象不害其爲器之一也觀於閟宮之詩朱子不取毛氏沙飾之義而舍猶取鄭氏摩挲之音豈非過乎況杳之言足以證爾之說有足信乎宋皇祐中得著尊阮逸胡瑗取其器有脰名壺尊可也著地無足名著尊可也未能必其王名及黃長睿見之始定爲著尊以爲尊皆有脰唯其無足而著地則禮之明堂位所謂商尊曰著者是也後有若長者安知不以余言爲然乎余故具著于此以見名物度數在先王時不過有司之事降及後世雖學者不得而盡考焉則夫斯禮之失也久矣

皇明文衡卷之十四

辨

洛書辨

王禕

洛書非洪範也。洪範之九疇，非洛書之文也。孔安國曰：天與禹洛出書，神龜負文而出，列於背，有數至於九，禹遂因而第之以成九類。劉歆曰：伏羲氏繼天而王，受河圖則而畫之，八卦是也；禹治洪水，錫洛書，法而陳之，洪範是也。河圖洛書相為經緯，八卦九章相為表裏。其後儒者又以為乃帝王之大法，而洛書因而第之以成九疇。

成發之乎此其不可信者五也夫九疇之綱禹叙之猶羲文之畫卦也而其目箕子陳之猶孔子作彖象之辭以明易也武王訪之猶訪太公而受丹書也天以是理錫之禹禹明其理而著之疇以垂示萬世爲不刊之經豈有詭異神奇之事乎鄭康成據春秋緯文有云河以通乾出天苞洛以流坤吐地符文云河龍圖發洛龜書感文云河圖有九篇洛書有六篇夫聖人但言圖書出於河洛而已豈嘗言龜龍之事乎又烏有所謂九篇六篇者乎孔安國至謂天與禹神龜負文而出誠亦怪妄也矣人神接對手筆粲然者寇謙之王欽若之天書也豈所以言聖經乎此其不可信者六也然則洛書果何爲者也曰河圖洛書皆天地自然之數而聖人取之以作易者也於洪範何與焉群言淆亂質諸聖而止河出圖洛出

書聖人則之者非聖人之言歟吾以聖人之言而斷聖人之經其有弗信者歟劉牧氏嘗言河圖洛書同出於伏羲之世而河南程子亦謂聖人見河圖洛書而畫八卦吾是以知孔安國劉向歆父子班固鄭康成之徒以爲河圖授羲洛書錫禹者皆非也或曰河圖之數即所謂天一至地十者固也洛書之數其果何所徵乎曰洛書之數其亦不出於是矣是故朱子於易啓蒙蓋詳言之其言曰河圖以五生數合五成數而同處其方蓋揭其全以示人而道其常數之體也洛書以五奇數統四偶數而各居其所蓋主於陽以統陰而肇其變數之用也中爲主而外爲客故河圖以生居中而成居外正爲君而側爲臣故洛書以奇居正而偶居側此朱子之說也而吾以謂洛書之奇偶相對即河圖之數散而未合者也河

圖之生成相配卽洛書之數合而有屬者也二者蓋名異而實同也謂之實同者蓋皆本於天一至地十之數謂之名異者河圖之十洛書之九其指各有在也是故自一至五者五行也自六至九者四象也而四象卽水火金木也土為分旺故不言老少而五之外無十此洛書所以止於九也論其方位則一為太陽之位九為太陽之數故一與九對也二為少陰之位八為少陰之數故二與八對也三為少陽之位七為少陽之數故三與七對也四為太陰之位六為太陰之數故四與六對也是則以洛書之數而論易其陰陽之理奇偶之數方位之所若合符節雖繫辭未嘗明言然卽是而推之如指諸掌矣朱子亦嘗言洛書者聖人所以作八卦而復曰九疇並出焉則猶不能不惑於漢儒經緯表裏之說故也嗚呼事有出於聖經明白可信而後世弗之信而顧信漢儒傳會之說其甚者蓋莫知以洛書為洪範矣吾故曰洛書非洪範也河圖洛書皆天地自然之數而聖人取之以作易者也

詩辨

王直

聖人垂訓於方來也其見諸言行之間者既同且詳而盡心焉者於六經尤著焉六經非聖人之所作因舊文而刪定者也易因伏羲文王之著而述之大傳所以明陰陽變化之理書因典謨訓誥之文而定之所以紀帝王治亂之迹春秋因魯史之舊而脩之所以明外伯內王之分詩因列國歌謠風雅之什而刪之所以陳風俗之得失禮所以著上下之宜樂所以導天地之和皆切於日用當於事情而為萬世之準則也其於取舍用意之際似寬而實嚴若疏而極密故學者捨

圖[illegible]洛書[illegible]合而言[illegible]三者[illegible]

實[illegible]也河圖[illegible]洛書皆本於天一至地十之數[illegible]

者河圖以十[illegible]洛書[illegible]九[illegible]各有[illegible]

行也自[illegible]五[illegible]四象[illegible]八卦[illegible]

故不言[illegible]十[illegible]

後[illegible]

[illegible]

[illegible]

數[illegible]

[illegible]

聖人[illegible]

也河圖洛書皆天地自然之數[illegible]聖人[illegible]

之[illegible]

書[illegible]

[illegible]錄

聖人[illegible]

[illegible]聖人之[illegible]

也[illegible]羲文王之[illegible]

書因[illegible]之文[illegible]

[illegible]

所以[illegible]

也且[illegible]

六經無以為也奈乎秦焰之烈燔滅殆盡至漢賞募而用之而莫得其眞或傳於老生之所記誦或出於屋壁之所秘藏記誦者則失於外謬秘藏者未免於脫畧先儒因其舛謬脫畧復從而訂定務足其數而以已見加之其闕者或偽為以補之或取其已刪者而足之其受禍之源雖同而詩為尤甚夫詩本三千篇聖人刪之十去其九則其存者必合聖人之度皆吟咏情性涵暢道德者也故聖人之言曰興於詩教其子則曰不學詩無以言與門弟子語曰詩可以興可以觀可以群可以怨至於平居雅言亦未嘗忘之詩之為用矇瞽之人習而誦之咏之閨門被之管絃薦之郊廟享之賓客何所往而非詩邪後世置之博士以謹其傳為用固亦大矣則其溫厚和平之氣皆能感發人之善心者可知焉今之存者乃以鄭衛淫奔之詩混之以足三百十一篇之數遂謂聖人之所刪至如桑中溱洧之言皆牧豎賤隸之所羞道聖人何所取而存邪玩其辭者何所興言之復何嘉邪學之何益於德誦之閨門烏使其非禮勿聽邪被之管絃薦之郊廟鬼神饗之賓客意何在邪是未可知也且聖人又曰詩三百一言以蔽之曰思無邪然思且無邪見于言者又何蠱邪假使聖人實存之則其所刪者又必甚於是邪或曰聖人存之者蓋欲後世誦而知耻所以懲創人之逸志亦垂戒之意也是故春秋據事直書臣弒其君子弒其父皆明言之而不隱及其戕也皆知畏懼詩之為意豈外是哉嗟乎舉善之是尚惡者固自知其非且春秋者國史也備列國之事必欲見其烝弟會盟聘享征伐嫁娶之節闕之則後世無所傳無所傳則後世

無所信故備書之而用意之深則在明褒貶於片言之間也然詩既爲民間歌謠之什遺其善固不可失其惡又烏害於道乎由是論之則淫奔之詩在聖人之所删蓋必矣且張戴子厚嘗論衛人輕浮怠惰故其聲音亦淫靡聞其樂使人有邪僻之心而鄭爲尤甚矣夫聖人教人以孝悌忠信恨不挽手提耳以囑之何迺以淫靡之樂而使人起邪僻之心乎故其論爲邦亦曰放鄭聲然則揆之於理攄之於經考之於聖人之言意雖有儀秦之辯吾知其叛於理而失聖人垂訓之意矣

夷齊十辨　　王直

一辨夷齊不死于首陽山二辨首陽所以有夷齊之跡三辨山中之食之故四辨夫子用齊景公對說之由五辨武王之世恐無夷齊六辨史記本傳不當削海濱辟紂之事七辨道遇武王與周紀書來歸之年不合八辨父死不葬與周紀書祭文王墓而后行者不同九辨太史公之誤原於輕信逸詩十辨左氏春秋傳所載武王遷鼎義士非之說亦誤

謹按論語第七篇冉有曰夫子爲衛君乎子貢曰諾吾將問之入曰伯夷叔齊何人也曰古之賢人也曰怨乎曰求仁而得仁又何怨出曰夫子不爲也第十六篇齊景公有馬千駟死之日民無德而稱焉伯夷叔齊餓于首陽之下民到于今稱之其斯之謂歟此二章孔子所以稱夷齊者事無始末莫知其何所指雖有大儒先生亦不得不取証於史記蓋孔子之後尚論古人無如孟子孟子止言伯夷不及叔齊其於伯

之後論古人無如孟子孔子之言伯夷不及叔齊其伯
敍其何所肯諾於大事去志不得不敢誣於史記蓋孔子
稱之其辯之說近二章孔子所以稱夷齊者無始末覈
況之曰民無德而稱焉伯夷叔齊餓于首陽之下民到于今
稱之又何怨出曰夫子不為也第十七篇齊景公有馬千駟而
告人曰伯夷叔齊何人也曰古之賢人也曰怨乎曰求仁而
諫伐論語第十篇有曰夫子之言曰諸君之語
說亦異

於經乎信矣辯十辯在春秋傳所載固士之事非辯之
與周乎紀書春秋世家而后行書中國九辯大史公之論
七辯直齒久之與周與書本篇之年不合八辯又死不葬
王之世無與夷齊六辯史記今本不謂明與論語辭其之事

隱山中之人食之四辯夫子所謂首陽山之由西土辯以
一辯夷齊不死于首陽山二辯首陽所以伯夷齊之地三
辯夷齊十辯　　　　　　　　　　王直

意矣
人之言苟雖有稱卒之辯者吕直其於理而大聖人無明之
其論焉於亦曰其衆人之說則採之不理者人之物於理
手段耳以備之何所以注庸人樂而從人者所謂之心乎於
排棄之心而辨為之古夫聖人於人以其跡之信非不能
于學者益辯人則吾子之言而故其辭言亦信語聞其辯事於人有
道乎由是論之則吾今之辭其經之人之所由中者以爲且使
來吉於吾所言語之以其責遺於其是國不可于其且學是言數
無所信古備書之人左所言之承則宣明之是亦于言之道也

夷也大槩稱其制行之清而於孔子此二章之意亦未有所發惟史記後孔孟而作成書備而記事富時有以補前聞之缺遺如子貢夷齊何人之問孔子求仁得仁之對倘不得史記以知二子嘗有遜國俱逃之事則夫子不爲衛君之微意子貢雖知之後世學者何從而知之也此史遷多見先秦古書所以爲有功於世也然遷好奇而輕信上世之事經孔孟去取權度一定不可復易者史記又從而變亂之以滋來者無窮之惑則遷之功罪豈相掩哉蓋夷齊不食周粟之類是已史記既載此事于傳又於周紀齊世家諸篇歷言文王武王志在傾商累年伺間備極形容文字既工濫人耳目學古之士無所折衷則或兩是之曰武王之事不可以已而夷齊則爲萬世立君臣之大義也昌黎韓公之論是已其偏信者則曰夷齊於武王謂之弑君孔子取之蓋深罪武王也眉山蘇公之論是已嗚呼此事孔孟未嘗言而史遷安得此歟或闇予言而愕曰謂孟子未嘗言則可首陽之事孔子重童言之予既知有論語而又疑此則是不信孔子也予應之曰予惟深信孔子是以不信史遷也且謂論語本文何以言之夫齊景公有馬千駟死之日民無德而稱焉伯夷叔齊餓于首陽之下民到于今稱之論語未嘗言其以餓而死也而史遷何自知之餓者豈必皆至於死乎夫首陽之隱未見其必在武王之世而二子昔嘗逃其國而不立証諸孔子對子貢之意則可信矣安知其不以逃國之時至首陽也孤竹小國莫知的在何所傳者謂齊威北伐山戎嘗過焉山戎與燕晉爲鄰則孤竹可知而首陽在河東之蒲坂詩之唐風曰采苓采

樂則所行可知而有驗在何以知之也以周由殷來
殷的在何所傳者禮以夫山大書漏山大與流書
書則可信矣安知其不以進園之時立所由中園
在王之世而二千者書之甚兩而不立正而書者其千書七
何自知之論者以爲論以寫中文孔子大者以其本其心者
陽之下民有到千之爾之論語未嘗言其以以餘而不其以成
發者入有千其下諸曰見於未嘗言而辨者以其本文而言之
情深言孔子以下不信之曰史遷也且說論語孔子之本文也大
之乎言孔有論以證此事則是不信孔子世家之言自行
微乎言者曰論于本其言則可信孔子之書于章言
繇公以論是巴此事孔孟本言而安遂安得聖人與夫
則曰孫氏者以于語之諸君孔子以之善求可知而立言

則曼乃書出于言以曰之大者亦古之論人論之論以其論書者
之士無所作于則夜兩而見之西以王之事不可以耳目與古
王言之其所借商乘年所備衛所容大字既王盡入耳自與古
已更之有所律其事于傳文以周紀世家諸篇雖言文王之
無官之次則其書之以非豈所補者盡矣齊不合同於史之類者
古所以爲高一定不可復已於史記文從而後至之而以之來者
書所以爲高者於後世學者向從遷而轉言上下以經孔孟
于以說三千書而向後而知之也已又事多且來孔子意
計以知三千之書之事則夫子不仁君之意
於遺于十青東適西入之問孔子未仁之仕不得安
錄事史記孔子論而作成書而刪詩書以備前聞之
是也大樂稱其制作之意而不及孔子此二章之言亦未有所

苓首陽之顛采苦采苦首陽之下或者即此首陽蓋晉地也
若夷齊果孤竹君之子則逃國以來諒亦非遠何必曰不食
周粟而後隱此邪今且以意度之國謀立君而已逃去則必
於山谷無人不可物色之所然後能絕國人之思首陽固其
所也蓋倉卒而行掩人之所不知固宜無所得食又方君父
大故顛沛隕越之際食亦何心其所以兄弟俱在此者一先
一後勢或相因而今不可知耳然亦不必久居於此踰月稍
時國人立君既定則可以出矣惟其遜國俱逃事大卓絕故
後稱之指其所嘗棲止之地曰此仁賢之跡也夫是以首陽
之傳久而不泯何必曰死於此山而後見稱邪予所以意其
如此者無他蓋論語此章本自明白於景公言死而於首陽
不言死後人誤讀遂謂夫子各以死之日許之耳此大不然

也夫孔子以景公與夷齊對言大意主於有國無國尤爲可
見問國君之富數馬以對諸侯曰千乘所謂有馬千駟者蓋
斥言其有國也夷齊可以有國而辭國者也崔子弒景公之
兄莊公而景公得立崔子猶爲政景公安爲之上莫之問也
享國日久奉已而已觀其一再與晏子感慨悲傷眷戀富貴
直欲無死以長有之其死也泯然一無聞之人耳孔子嘆之
曰嗟哉斯人彼有內求其心棄國不顧如夷齊者獨何人哉
彼所以千古不泯者豈以富貴哉由此論之則孔子所以深
取夷齊但指其辭國一節而意自足若曰夫子取其不食周
粟以餓而死則此章本文之所無也夫今去夫子又遠矣餓
于首陽一語之外前不言所始後不言所終予疑其在遜國
俱逃之時而不死者蓋意之然予之意之也蓋猶近似而無

[illegible]八年[illegible]者[illegible]大霸[illegible]以[illegible]無
千言[illegible]不言[illegible]若後不言[illegible]其[illegible]國
[illegible]文公[illegible]無也夫今[illegible]又[illegible]
[illegible]一[illegible]大[illegible]
[illegible]十古[illegible]以[illegible]由[illegible]
[illegible]人[illegible]其[illegible]國[illegible]
[illegible]曰[illegible]也[illegible]
[illegible]國曰父奉[illegible]已[illegible]一[illegible]
[illegible]公而景公[illegible]
凡言其[illegible]國[illegible]可以[illegible]有國[illegible]
見問[illegible]國[illegible]
也夫孔子以景公與[illegible]古大[illegible]有國無國者可[illegible]

[illegible]

害於義理若遷之意之也畧無近似而害於義理特甚焉大槩遷也專指文武爲強大諸侯窺伺殷室以得天下故於世家則首吳太伯於列傳則首伯夷遷之說出而孔孟所以言文武盛德至仁者皆變亂矣此事若不見取於大儒先生猶可姑存以俟來哲今亦不幸君子可欺斷然按之以釋論語則武王萬世當爲夷齊之罪人夷齊借之以伺使萬世亂臣賊子知畏清議如此也而武王何罪哉予言更僕未終亦不得已也然實欲反復究竟折服史遷使不可再措一辭者吾徒之學誦詩讀書論世知人不當草草幸毋倦聽夫夷齊孔子之言畧孟子雖不言叔齊而言伯夷甚詳若并取証於孟子則史遷所載諌伐以下曉然知其決無也孟子言伯夷之歸周也曰伯夷辟紂居北海之濱聞文王作興曰盍歸乎來史記本傳則不然削其海濱辟紂之事但於遜國俱逃之下即書曰於是性歸西伯及至西伯卒此下遂書叩馬諌武王之語數其父死不葬以臣弑君蓋以爲遇武王於道也所謂於是云者如春秋之書遂事纔逃其國遂不復返而歸周也則不知此行也二子亦已免喪否歟厄於勢而不返容或有之然逃彼歸此如同時然身喪父死自不得與於哭泣之哀也而忍以父死不葬責他人歟嗚呼此必無之事也夫遷所以削其海濱辟紂者何哉謂遷爲未甞見孟子歟則遷知其有書七篇其作孟子傳自言甞讀之而屢嘆矣然而如此書伯夷者其意可想也遷以不食周粟爲奇節故欲見伯夷處心後來全不直武王而其初本無惡於紂也夫事不惟其實所不合已意則削之千載而下讀於是一語尚可想其遷就

所不合己意則削之千數百下讀者一語而同其實哉
乃欲求全不直先王而其所本典於緒由夫書不詳其實
伯夷皆其意所暢也遂以不合周典異爲者伯故欲見伯夷哉
有書十篇其作者千年然自言實錄之而屬篡矣然後如此書
以爲其篇之作者而致由書乃未實見咎于燼也其
可信以以知不詳者此入鐵誠詣乎此以與之事大略所
之然遂改所行如向暗然後取以死自不得與於發其之哀
也不然如此也二千亦已既東古變乃分發而不述咎有
於是言若仰書欲之書東書錄其國來而不復可述而歸周也
文語鑿其父死不辭以口發者以欲邀武王於夷齊也所謂
卽書以爲哀陷而伯夷叔之日也而下而書叩馬諫武王

歸周也曰伯夷辟紂居北海之濱聞文王作興曰盍歸乎來
乎則史遷所載諫伐以下辯林知其失也孟子言伯夷之
子之言曰吾于書雖不言文考言伯夷其辭許取証於孟
從入學論語諸書論世知人不當草草率爾大夷齊孔
子已也宋學詩文以作文服叔後不可輕爲一辭者言
則子者如取書讀如此也而武王何罪故不可更載本於亦不
則從主義甘論曰爲其考之人然夫子信之以伯也高以儒論語
可按伯之微求古今亦不幸者于可與其國然取之以儒者論語
文底與論全行書皆受文失其事矣此事否不見取於大儒者文猶
家同能以大二亦不夜三而由夷之遷人說出於孔子之言
說遂而書言文武人語叔齊諫室以歸於人下矣世
書於義者仍適人意以自與無益於後者何害於義者其意大

增損之情態而何以傳信乎故曰當一以孟子爲斷夫伯夷太公兩不相謀而俱歸文王孟子稱爲天下之大老太公之老古今所共傳則伯夷之年當亦不相上下孟子必不虛加之也然伯夷德齒皆縱與太公同而後來年齒豈必與太公等吾意武王之時未必猶有所謂伯夷也而遷所作周紀又自與傳不同何以言之伯夷以大老而歸文王文王享國凡五十年吾不知其始至也在文王初年歟中年歟末年歟不可考也而遷於周紀則嘗以爲初年矣其言曰文王繼公季而立敬老慈幼禮賢待士士以此多歸之夷齊在孤竹聞西伯善養老往歸之然後曰太顛閎夭散宜生鬻子辛甲大公之徒皆往歸之然後曰崇侯譖西伯于紂囚于羑里然後曰紂釋文王賜弓矢鈇鉞得專征伐又數年而書聽虞芮訟又

明年而書伐犬戎自此每年書一事而各以明年二字冠於其上如是者凡七上去夷齊來歸之年不知其幾矣大槩書文王五十年之事稍稍排布歲年而夷齊之歸爲首其他未之先也以天下之大老其來在文王即位未久之年若謂其人猶及武王已平殷亂天下宗周之後姑以計之亦當百有餘歲矣恐不必不食周粟隱于首陽山而考終已久矣遷既書於周紀如此及作伯夷傳乃言夷齊方至文王已卒道遇武王以木主爲文王伐紂叩馬而諫不知此當爲兩夷齊乎抑即周紀所書之夷齊乎若即周紀所書之夷齊則歸周已數十年非今日甫達岐豐之境也諫武王當於未舉事之初不當俟其戎車既駕而後出奇駭衆於道路也太公與已均爲太老出處素與之同不於今日白首如新方勞其匆匆扶

去於鋒刃將及之中也嗚呼紀傳一人作也乃自相牴牾如此尚有一語之可信乎觀其摹寫二子冒昧至前左右愕貽欲殺武王無語太公營救之狀殆如狂夫出關群小號呶而遷怪儒生姓名莫辨攘臂其間陳說勸止嗟乎始哉其得免於死傷也不亦幸哉武王方爲天下去賊虐諫臣毒痡四海之紂而行師無紀左右遽欲害敢諫之士戕天下之父死生之命在左右與太公而武王若罔聞知萬一扶去之手緩不及用則是彼殺比干此殺夷齊其何以有辭於紂也武王順天應人之舉後世敢造此以誣之噫甚矣傳曰父死不葬紀則曰武王祭于畢東觀兵至于孟津載木主車中畢也者文王葬地也古無墓祭祭畢之說亦妄然一曰祭于畢一曰父死不葬又何也故凡遷書諫伐以下大率不可信使其有之

孔子不言孟子言之矣予若以孔孟之說折遷遷未必屈服惟傳自言之紀自破之其他卷猶曰破碎不全不盡出於遷之手而此紀此傳皆遷全文讀者知其非遷莫能作又不得疑其補綴於後人也曰然則紀與傳孰愈曰紀書文王其妄居半及書武王則妄極矣若其書夷齊一節猶畧優於傳也蓋紀言其歸周及文王之生而傳言其至值文王之死也及文王之生者與孟子同而值文王之死者無稽之言也曰然則首陽之事其究如何曰予前固言之果有夷齊暫隱之迹而不在武王克商之時武王克商之時恐已無所謂夷齊而孟子又不言叔齊歸周惟後之讀論語者惑於遷史增加孔子本文執所謂餓者爲夷齊蓋棺之終事是以展轉附會尒大理至於一是而止予生百世之後安敢臆度輕破古今共

信之說蓋見遷於論語才有一字之增而遂與孟子畧無一字之合又紀傳色色不同徒以無稽之言貽惑後世是以詳爲之辨㢘幾自此觀夷齊者惟當學其求仁得仁與夫制行之清廉頑立懦之類而不必惑其叩馬恥粟以至於死然後語孟稱道之意可明也夫讀論孟則見二子可師乃志士仁人甚自貴重其身抗志甚高觀理甚明俯仰浩然清風可仰而不可及孔孟之所謂賢由之則俱入堯舜之道也讀史記則見二子可怪乃羈旅妄人闇於是非進退輕發嘗試不近人情悻悻然以去終與自經於溝瀆而莫知之者比史遷之所謂賢由之則不過於陵仲子之辯也學者於此從語孟乎從史記乎曰如此則遷無所據而容心爲此何也曰遷自言之矣所謂予悲伯夷之志睹逸詩可異焉者此遷之所據乃

一傳之病源也逸詩者西山采薇之章也三百篇詩經夫子所刪尚莫知各篇爲何人作遷偶得一逸詩而妄意之曰此必夷齊也夷齊嘗餓于首陽今言采薇西山是不食周粟故也夫古詩稱采草木蔬茹于山者甚多豈皆有所感憤而不食人粟者乎粟生於地人人食之已獨不食則食之者人人此皆非也異哉耻一武王而天下皆無與已同類之人然則試使夷齊之教行一世之人無一人肯食周地之粟而後可乎夷齊之風百世聞之而興起何當時此事無一人見之而聽從乎夫天下所謂西山不知其幾自東觀之皆西也詩言西山不言首陽不當以附會論語之所云也末句曰吁嗟徂兮命之衰矣遷以爲夷齊死矣悲哉此臨絕之音也夫徂者往也安知作歌者之意不思有所往上言我安適歸則無所辟

也安知作詩者之意不思有所往上言救世之道莊則與共所往
命之意矣夫豈以西東爲意哉故此語終之音也夫但音注
山不言西山不附會論語之所云也未可曰不遂追令
從乎夫天下所謂西山不知其幾自東觀之皆西也詩言西
東齊之風首言西山與魏何爲此章無一人見之而聽
從人東齊之數行一莊之人無一人首肯之者而後可乎
旨非也異哉陳王西天下莊無與同者之人夫則信
食人東者乎東主之地人人食之已爾下食則食之者人人不
近夫古詩樂大章大誌於于山者其言所以在情而不
汲東樂也東方之路者數十百年人今言未樂西山果不食周粟故
何神仙見各有向人其事遠一地詩而言食之日此
一豫人西漢也終始者西山終也東之事也三百篇詩終大子

之矣所謂千里之道矣之下詩連其語可見言已鬱之所謂乃
從夫記乎曰知此則遷其法以爲各心意見何也曰東合言
而謂背由之明不過人其效中十七之終身學者不比於文者言乎
入者作者也可大經會意及之論實而莫知其學以比公文象之
則與二千百可與經能義今入關於是非進退得失學者所不論
而不可及就其言之所謂實由也則其人乞存之道也詩曰
入其自書會其身行於事其高曉理其所未而非合事者其風何節
語五傳道之於今可回所以言矣學詩記然後三千百可所下以志士者
之有專作之論以語而不以其可取象以之至於所承然
為之作教化觀其音學其未三是一經夫制行
學之合文而乃史傳以無物之言則屬後世是以也
言之論者家人論語大有一行人者而而學無一

地辟世矣下又言吁嗟徂兮則於不可中求可猶思有所往焉既而遂自決曰命之衰矣歸之於天而終無可奈何之辭也豈必為殂卒之殂乎神農虞夏固不可見而以暴易暴何可以指武王武王非暴君也必欲求其稱此語者則自春秋戰國至于秦項滅國滅社何處不有乎然則世必有遭罹荼毒而作此詩者非夷齊也此詩誤遷而遷誤後世也或曰然則春秋之初魯臧哀伯曰武王克殷遷九鼎于洛邑義士猶或非之杜元凱以為伯夷之屬也此在孔孟之間豈亦非歟曰非也武成之後武王歲月無幾散財發粟釋囚封墓列爵分土崇德報功亟為有益之事則吾聞之遷鼎恐非急務也滅人之國毀人宗廟遷其重器強暴者之所為誰謂武王為之使果有所謂鼎則天下一家無非周地在彼猶在此矣豈

必皇皇汲汲負之以去而後為快乎況罪止紂身為商立後宗廟不毀而重器何必遷乎書稱營洛乃成王周公時事在武王無之義士所非亦不審事實矣而義士又不知為何人自克商至於周衰然後左氏載此語蓋已四五百年四五百年之間豈無一士心非武王者得稱為義亦各有見也而何必以夷齊實之乎況左氏近誣未必斯言果出於哀伯乎嗚呼此武王夷齊終古曖昧俱受厚誣之事與咸丘蒙之徒妄言堯舜者頗同惜其出於孟子之後無一人識其為齊東野人之語故使流傳至今幸而竊讀論語偶思首陽[illegible]言死遂得以盡推其不然惟此章之疑既釋則[illegible]以憑藉附會之地豈非 古今之一快哉然此愚[illegible]也不知求哲又以為然否

[illegible]之十四終